NARRATORI ITALIANI

Della stessa autrice presso Bompiani

Piangi pure

LIDIA RAVERA
GLI SCADUTI

ROMANZO
BOMPIANI

© 2015 Bompiani / RCS Libri S.p.A.
Via Angelo Rizzoli, 8 – 20132 Milano

Published by arrangement with Bookabook

ISBN 978-88-452-7823-5

Prima edizione Bompiani marzo 2015

UNA SPECIE DI PREMESSA

Non è un paese per vecchi, l'Italia. Troppo inefficiente, con un welfare traballante e parecchia solitudine urbana. Tuttavia i vecchi sono una maggioranza. Hanno peso politico e situazioni sentimentali, resistenza fisica e strumenti intellettuali. Coprono posizioni di rilievo, le hanno sempre coperte. Sono direttori generali, generali, senatori, membri di CdA, presidenti e revisori e banchieri, alcuni. Altri no, ma, comunque, poiché sono stati ragazzi quando essere ragazzi era un fattore identitario forte, trasgressivo e battagliero, non si rassegnano a farsi da parte. Spesso guadagnano più dei loro figli, hanno case più belle e biblioteche più fornite. Oppure no, ma, comunque, hanno un senso di sé da protagonisti che mal si accompagna alla, biologicamente prevedibile, rassegnazione senile.

La medicina, l'igiene di vita, la latitanza di prove belliche sfiancanti (settant'anni di pace), la mai troppo esecrata cultura del narcisismo coniugata a un relativo benessere fanno, dei vecchi odierni, creature dotate di una notevole forza propria e di un vigoroso rifiuto del ritiro.

Era da una decina d'anni che li osservavo, anzi: che *ci* osservavo, che osservavo noi, ragazzi degli anni sessanta e settanta, immaginando come saremmo invecchiati.

Saremmo usciti dalla vita attiva "nel fracasso" come "nel fracasso" ci eravamo entrati, o avrebbe prevalso l'apparentemente inevitabile copione di acciacchi e timidezze, incontinenze e nostalgie?

Fino all'arrivo di "Renzi, il giovane" vedevo difficile una sorta di tematizzazione politica dell'età avanzata, anche se, per la prima volta nella storia, si tratta di un inverno che dura mediamente trent'anni. E che tiene al freddo quasi un terzo della popolazione italiana. Avevamo proclamato che la gioventù era "ontologicamente" rivoluzionaria, ma certo non avremmo saputo mobilitarci per promuovere, con altrettanto innato senso del marketing generazionale, la terza età.

Poi è arrivato lui, l'unto dall'anagrafe Matteo. Giovanilista, carino senza essere bello, coi boy-scout e la diccì nel DNA, cordiale brillante spontaneo e crudele.

Un ventenne vicino alla quarantina, cioè "giovane" come la gioventù si porta adesso.

È stato lui a pronunciare la parola magica, quella che potrebbe, finalmente, dal nulla disperso dei parecchio individualisti nuovi vecchi, aggregare un fronte comune, una sorta di estemporanea barricata. "Rottamazione" è la parola. E, brandita con potente coerenza, sta cambiando l'età media della classe dirigente del nostro paese.

A me, che di mestiere racconto storie, la parola "rottamazione" ha stimolato un nervo, per così dire, letterario, che non sapevo scoperto e sensibile quanto basta per immaginare un nuovo modello di mondo, prossimo al nostro e, pur nell'estremismo delirante delle "regole", verosimile. Un mondo in cui la pratica iniziata da Renzi e dai suoi adepti viene estesa a tutta la società.

Ho immaginato che i cittadini di un imprecisato Occidente fossero inchiodati a una biografica (o biopolitica) data di scadenza (come le mozzarelle? come le medicine?) e ritirati dalla libera circolazione tutti insieme, allo scadere del sessantesimo compleanno.

Ho immaginato anche altre cose, intorno a questo futuro prossimo, altamente improbabile e umanamente possibile.

Ho immaginato ed elucubrato e poi, senza opporre resistenza, mi sono consegnata a questa fantasia distopica, sinistramente dolce, come certi incubi da cui ti svegli più avveduto, più agguerrito, più capace di guardare in faccia le tue angosce, più forte e perfino più allegro, per il sollievo che, quanto sognato, non sia veramente accaduto.

O almeno non ancora.

1.

"È stata una cerimonia commovente," disse Umberto Delgado.

La frase gli ronzava in testa da quando tutto era incominciato, alle nove del mattino. L'aveva concepita in uno di quei silenziosi esercizi di retorica che si imponeva sempre più spesso.

Gli premeva il tono. L'eleganza. E il distacco. Non suscitare compassione. Niente gli dava più fastidio di quei sorrisi di circostanza che chiunque fosse ancora lontano dal ritiro si sentiva autorizzato a esibire.

"Sì, è stata proprio una cerimonia commovente. Mio figlio ha fatto un ottimo speech. È andato fuori dallo schema. Niente di rivoluzionario, ma ha saputo personalizzare. Ha marcato una certa legittima distanza dalla regola, pur senza disapprovarla."

L'uomo che sedeva di fronte a lui, nel posto 71, la testa appoggiata al finestrino, annuì. Umberto notò gli occhi lucidi, le labbra serrate, pallide. Eccone qua un altro che non ce la farà, pensò.

Era certamente una creatura degli uffici.

Erano loro i più esposti ai raggi malefici della depressione.

Un esserino che pareva incollato alla propria divisa, la camicia bianca, la cravatta con il nodo piccolo, la giacca blu, il pantalone grigio, la scarpa lucida.

Umberto distolse lo sguardo, come se l'avesse visto nudo.

Dovrei essere contento, pensò.

Se non altro per smarcarmi.

Dovrei essere, per la precisione, felicemente rassegnato.

Con senso civico.

Altri due uomini entrarono nello scompartimento.

Il treno aveva preso velocità, ma non quella dei treni a cui era abituato, quelli che ti portano in un'ora e quaranta da Roma a Milano.

Era un treno di prima. Prima della velocità, prima delle rotaie speciali. I sedili erano di un vellutino spento, fra il giallo e il marrone. Tre posti da una parte, tre dall'altra, si fronteggiavano in modo indecente. L'indecenza di prima. Prima delle connessioni a distanza. C'era, nel costringerli tutti a quella prossemica d'altri tempi, un riconoscimento del valore della memoria unito a una insopprimibile voglia di sfottere, di risbatterli nel passato da cui provenivano.

I finestrini erano oscurati, come se il viaggio procedesse tutto in una interminabile galleria, ma nessuno sembrava farci caso.

"Ci metteremo ore ad arrivare a destinazione," disse l'uomo che si era appena sistemato al posto 73. Sorrise con quella che a Umberto parve una cordialità opportunista. Tese la mano, se la fece stringere.

Tese la mano a tutti, tutti gliela strinsero.

Concluse: "Comunque, non abbiamo più fretta, no?"

Nel silenzio che seguì la frase, esplose un boato di allegria da studenti. Nello scompartimento a fianco si brindava alla libertà.

Umberto provò lo stesso fastidio che aveva provato vedendo il treno imbandierato, le coccarde in quattro colori sulle porte, i soli dipinti sulla locomotiva.

Bianco rosso verde e azzurro.

Loro erano l'azzurro.

Umberto si pentì di non essere passato a casa a salutare Elisabetta.

Ti dispiace se evitiamo i commiati amore mio?

Elisabetta aveva consentito, con quella sua tipica gravità leggiadra.

Capiva tutto al volo, o forse era un effetto dei lunghi anni passati insieme. Non si erano mai crogiolati nella loro buona sorte. Trentasei anni di complicità. E adesso... Umberto si chiese se si sarebbe sentito meglio con lei seduta a fianco.

"Quattro anni non sono lunghi."

"Farò domanda di ricongiungimento."

"Bisogna vedere se te la passano. Pare che non sia facilissimo."

Avrebbe voluto telefonarle, ma il cellulare l'aveva dovuto consegnare. Una cerimonia commovente.

Una spoliazione simbolica.

Si toccò la tasca della giacca dove lo teneva da tempo immemorabile.

"Te ne daranno un altro, pa'," aveva detto Matteo, "il tempo di arrivare, pa', in fondo, quando eravate giovani voi, non c'erano, no?"

Matteo mediava con puntiglio fra il nuovo corso e la storia. Si era laureato con successo, del resto, proprio nell'approfondimento del secolo scorso, limitatamente agli ultimi tre decenni. Stava facendo carriera nel ramo relazioni intergenerazionali.

Con un certo orgoglio Umberto aveva notato quanto Matteo, fra tutti i figli presenti per obbligo e costretti a recitare formule su cui sdrucciolavano senza grazia, fosse stato l'unico a portare a termine il suo discorso di commiato con un pathos ammirevole.

"Certo, certo, Matteo, posso benissimo stare senza cellulare, ma avrei voluto scambiare quattro battute di spirito con tua madre. Così, per ristabilire un po' di distanza dagli ingombri del presente. L'ultimo anno è stato pesante."

"L'ultimo anno è sempre pesante, pa'."

Matteo aveva gestito con profitto una sessione di corsi dedicati al supporto psicologico per i ritirandi.

Umberto non aveva partecipato.

Non perché non ne avesse bisogno, e neppure per non mettere in difficoltà Matteo o qualche suo giovane collega.

Non aveva partecipato perché la sua compiacenza non sarebbe mai arrivata fino al punto di accettare la filosofia dell'adattamento progressivo.

No, lui no.

Lui non avrebbe mai volontariamente e consapevolmente partecipato a un corso di preparazione al ritiro.

Lui era di un'altra razza, di un'altra pasta. Avrebbe ottemperato ai nuovi obblighi, ma senza collaborare.

Del resto: erano i primi, no? Si era ancora nella fase sperimentale.

Si sperimenta su di te e tu che cosa fai? La cavia in camice bianco, che si fa inoculare il veleno sottopelle e poi, tutta contenta, corre a far girare la ruota nella gabbietta?

Strinse un pugno. Si guardò la mano.

Le vene in rilievo, le dita lunghe, le unghie perfettamente limate.

Mantenersi in ordine, non dare spettacolo. Ecco, che cosa doveva imporsi. Da una settimana non faceva altro che darsi dei compiti, elaborare strategie di resistenza, sfidarsi. Eppure, niente doveva trapelare all'esterno di quell'inesausto lavorio interiore. Niente doveva essere visto. Niente di scomposto, niente di drammatico.

Neanche a sporgersi per guardarlo da vicino, come, da quando gli era toccato rinunciare alla potente difesa del ruolo, chiunque poteva fare. Chiunque, in ogni momento. Dato che non possedeva più filtri, segretarie, agende, priorità, impegni.

Era "sceso dal piedestallo", come qualcuno aveva detto, con un'espressione infelice. Ti toccherà scendere dal piedestallo.

Scendere, e camminare in mezzo agli altri.

Non poteva giurare che nessuno lo riconoscesse, anche se, nelle ultime quattro settimane, dall'arrivo della lettera in avanti, aveva avuto modo di registrare un ridursi drastico dell'attenzione su di lui.

Perfino le segretarie s'imbambolavano quando impartiva indicazioni.

Chiuse gli occhi, per difendersi da una eventuale curiosità degli altri viaggiatori.

Ecco qua, io sono il tipo che, negli spostamenti, risparmia le forze.

Non mi guardo attorno, non cerco il contatto, non mi interrogo sulla destinazione.

Del resto: una delle prescrizioni non era forse aumentare le ore di sonno?

"Lei ci riesce a dormire a comando?" chiese l'uomo seduto al posto 73 che, effettivamente, l'aveva riconosciuto e moriva dalla voglia di attaccare discorso.

Umberto non rispose.

"Lei riuscirà a dormire di più? Io no. L'età vuol dire anche questo. Ti sei svegliato per tutta la vita alle sette meno un quarto, come puoi cambiare ritmo così, dall'oggi al domani?"

Umberto si impose di restare con gli occhi fermi, le palpebre abbassate, cercò di regolarizzare il respiro, di appesantirlo fino a riprodurre lo stato di temporanea assenza del sonno, quel sopravvento del corpo che fa vibrare il velopendulo.

"Dorme, beato lui," disse l'uomo del posto 73 all'uomo appoggiato al finestrino.

Umberto si compiacque della sua simulazione.

L'avrebbero lasciato in pace.

Stava identificando, con una certa precisione, la più sgradevole fra le sensazioni che lo opprimevano. Quell'omogeneità da scolaresca. Tutti uomini. Tutti della stessa età. Nati nel medesimo anno, a distanza di pochi giorni l'uno dall'altro. O addirittura nello stesso giorno.

Un treno di gemelli diversi, intrappolati nelle proprie biografie.

Per tutta la vita, lui, era stato un capobranco, un maschio alfa, un pesce pilota. Si era smarcato dalla mediocrità con l'impegno di chi la teme. Era stato un allievo brillante, un giovane ribelle, un quadro dirigente precocemente autorevole, un leader amato nella norma e detestato senza acrimonia. Dall'alba della carriera scolastica fino al termine della carriera professionale (un termine imposto dalla legge e non certo motivato da un affievolirsi delle forze) era stato sempre scelto, tirato fuori dal mucchio e messo nel primo banco. Sempre, da quando aveva memoria. E questo gli aveva consentito di essere affabile, cortese, democratico, perfino modesto. La sua superiorità era nei fatti, non chiedeva d'essere riconosciuta né dimostrata, non nutriva dipendenze, né dalle lusinghe dei sottoposti né dalla virile competizione fra pari.

Aveva coperto con naturalezza ruoli difficili.

Nessuno sforzo, era la stoffa di cui era tessuto.

E adesso? Doveva abituarsi a sparire nel gruppo?

Improvvisamente, si accorse che avrebbe voluto veramente addormentarsi.

La conversazione, nonostante i tentativi del suo dirimpettaio, era naufragata nel silenzio.

Si chiese se fosse così anche sul treno che portava al ritiro le donne. Anche lì silenzio?

Non certo Elisabetta, quando toccherà a lei... sorrise interiormente ripensando all'ultima settimana.

Era stata magnifica.

Non una parola da lunedì a venerdì. E quando lui, il sabato, davanti a un brasato al barolo, le aveva detto: "Allora, vogliamo parlarne?" lei l'aveva guardato, gli aveva sfiorato una mano e poi gli aveva regalato una risata irresistibile, di quelle contagiose, che ti fanno arrivare alle lacrime passando per tutte le parti cave del corpo e svuotandole da ogni possibile veleno.

Aveva riso anche lui.

Poi, asciugandosi gli occhi, l'aveva rimproverata: "Ti sembra davvero così divertente?"

"No. Non è divertente. Ma non è una cosa seria. E delle cose poco serie è bene ridere."

Si era ricomposta. E nei suoi occhi del colore della paglia lui, poiché soltanto lui era in grado di decifrarlo, aveva colto un lampo di scherno.

Elisabetta. L'irriverente Elisabetta.

Aveva ragione.

Non era una cosa seria.

Doveva viverla così, come un gigantesco innocuo scherzo.

Anche se gli stava togliendo la libertà.

2.

"Hai ricominciato a fumare, mamma!" disse Matteo. Federica le sfilò la sigaretta dalle dita con un gesto di routine repressiva, la spense nel piattino sotto la pianta di azalea e le baciò i capelli.

Elisabetta prese un'altra Camel dal pacchetto e se la accese lentamente.

Ora l'avrebbero sgridata con affetto e canzonata con rispetto, ce la mettevano tutta per comportarsi secondo la norma.

Affettuosi, protettivi, marcatamente allegri e tuttavia autorevoli, in quel rovesciamento di relazione fra genitori e figli che le nuove regole imponevano.

"Lo sai che ti fa male. Che fa male. In assoluto. Tra l'altro è anche vietato. Noi facciamo finta di non vedere, ma tu lasci sempre la porta aperta, Nadine fa entrare chiunque... uno varca la soglia annusa e ti denuncia... sai che bella pubblicità per Matteo. Mi piacerebbe sapere dove le compri adesso che Umberto..."

Federica s'interruppe. Arrossì.

Poi rise per correggere il senso di imbarazzo che quel rossore improvviso denunciava.

"Oh, be'... non facciamo quelli che camminano sulle uova.

Non c'è un interdetto, mi pare. Non dichiarato, almeno. Si può nominare tuo padre, Matt? O dobbiamo girare al largo dal discorso?"

Matteo la guardò. Altre volte la bellezza di sua moglie, quella perfezione prosperosa benedetta da un'incolpevole volgarità, l'aveva aiutato a dissolvere il fastidio per come si muoveva o parlava.

Non sempre.

Non quando si trovavano, tutti e due, in presenza di sua madre.

"Piantala, Fede," disse severo.

Era la prima volta che tornava a casa (continuava a chiamarla così, come se l'appartamento in cui abitava con Federica non avesse i requisiti necessari) dopo la partenza di suo padre ed era in ansia.

Elisabetta prolungò il silenzio finché Federica si fu sdraiata sul divano sbuffando. Osservò i lunghi polpacci abbronzati che sbucavano dai calzoncini aderenti, i magri piedi dalle unghie laccate di blu, i sandali con il tacco sottile rovesciati sul tappeto.

Poi disse: "Parliamone invece. Siete venuti a vedere come me la cavo nel primo tempo della mia coatta vedovanza?"

"In un certo senso..." disse Matteo, sedendosi davanti a lei, al tavolino rotondo.

"Bene. Me la cavo bene. Benissimo, grazie."

Si alzò, li comprese entrambi in un unico sguardo conclusivo: "E adesso potete andare."

"Tua madre ce l'ha con noi," disse Federica.

"Siediti, dai, parliamone..." disse Matteo. "È normale che tu ne risenta, puoi chiamare il numero verde, è di un'efficienza incredibile, voglio dire... per essere in fase sperimentale. Tu chiami e ti fissano un appuntamento."

"Tua madre non ci vuole andare a parlare con gli operatori. Come tuo padre non ha fatto il corso di propedeutica al distacco. Sono... diversi. I miei sono parecchio più giovani ma quando sarà il momento andranno e diranno e ascolteranno. È una questione di carattere."

Matteo si pentì di essersela portata dietro. Doveva dirle vado da solo, con tutta l'autorità che, sotto sotto, Federica gli riconosceva.

Elisabetta la stava guardando con una sorta di pacifico disgusto, come se fosse un verme raro, posato sulla seta dei cuscini.

"Capisco la vostra preoccupazione, ragazzi, ma non ho bisogno di niente. Perciò... arrivederci e grazie."

Li spinse fuori.

Erano recalcitranti. Pensò che avrebbero litigato. Che Matteo avrebbe accusato Federica d'insensibilità, e Federica Matteo d'ipersensibilità.

Li guardò dalla finestra.

Pensò che erano destinati a lasciarsi.

Come del resto era normale. Da quando fare sesso era diventata una forma obbligata di ginnastica, l'altra metà del letto la occupava il tuo trainer preferito, che spesso diventava il tuo partner abituale, ma poteva essere sostituito quando ti andava una specialità erotica che non era nel suo bouquet selezionato.

Matteo la sostituiva poco, Federica.

Almeno per quanto ne sapeva sua madre.

Federica, invece, nutriva un giro vorticoso di compagni e compagne. Era la più sportiva dei due, la più performante. Era perfettamente adeguata ai tempi.

Ventiquattro anni, genitori sotto i cinquanta, marito sulla trentina.

Era l'eroina dell'impresa che sarebbe culminata l'anno dopo, con la nascita di un bambino.

O una bambina. Su questo c'era libertà di scelta. Non sui tempi. Nel venticinquesimo anno d'età correva l'obbligo di riprodursi.

Se non lo facevi, dovevi dimostrare una impossibilità fisica, obiettiva, cartelle cliniche alla mano. Se non presentavi adeguata documentazione ti venivano prescritte analisi, controlli, esami.

Se l'apparato riproduttivo risultava idoneo, non avevi alcun diritto di sottrarti al tuo dovere nei confronti della specie.

Frasi come "non mi sento pronta" o " non ne sento la necessità", arzigogoli come "non voglio mettere in questo mondo un altro essere umano" erano banditi.

L'idea era quella del ritorno alla natura, una regressione guidata al buon tempo antico, quando il dottor Pinkus non aveva ancora sollevato le femmine dal loro destino di operaie procreatrici.

A Elisabetta l'insieme delle nuove regole pareva un'utopia repressiva, ma non osava formulare il giudizio nemmeno con se stessa.

Matteo le aveva consigliato: "Vedila come una lotta alle derive dell'individualismo ambosessi. Hai visto anche tu a che punto eravamo arrivati, no?"

Matteo. Partorito trentaquattro anni prima in seguito a un amplesso imprevedibilmente non protetto, per distrazione o segreto desiderio, quando Elisabetta aveva 22 anni. Si chiese se lo spermatozoo preposto all'impresa di ingravidare Federica sarebbe stato quello di Matteo, per contatto diretto e in chiave di reciproca soddisfazione, oppure se il padre del nuovo figlio della patria sarebbe stato una goccia di liquido seminale estraneo, acquistato alla banca centrale dei bambini, e opportunamente inoculato nella cavità preposta.

Chissà se sarà introdotta nel vasto mondo una creatura che, geneticamente, mi risulterà nipote. Oppure no. Elisabetta si sforzò di sorridere. Da quando Umberto era partito, si sentiva come se qualcuno, appostato da qualche parte, la osservasse ininterrottamente.

Un occhio, una telecamera.

Le pareva, a tratti, di guardarsi vivere, memorizzava ogni gesto, ogni pensiero. Quasi dovesse, poi, una volta ottenuto il permesso di ricongiungersi con il suo compagno, ragguagliarlo sugli sviluppi delle sue giornate.

Sentiva l'assenza di Umberto con una concretezza che soverchiava la nostalgia per l'anno appena trascorso, quando arrivavano a casa, tutti e due stanchi, e si spogliavano contemporaneamente, sfiorandosi nella cabina armadio, per la fretta di levarsi di dosso i vestiti impregnati dai fiati di tutte le persone che avevano incontrato, ascoltato, archiviato (una specie di polvere sociale) e subito si mettevano a parlare.

Federica era, sempre più spesso, l'oggetto delle loro conversazioni serali. La giovane-donna per antonomasia.

Il paradigma vincente.

La vergine promiscua, trasgressiva per obbedienza. Il suo erotismo quotato in borsa, le sue inappuntabili priorità...

Negli ultimi tempi si era instaurata, fra lei e Umberto, un'allegria antagonista. Ridevano della vita come si era andata configurando. Ridevano delle nuove normative, di quella pletora di regole in cui, dopo gli anni del grande disordine, tutti parevano essersi accomodati, con un sollievo da naufraghi.

Nonostante l'esperienza accumulata e l'abitudine al libero arbitrio, nonostante il diritto individuale a sbagliare ed eventualmente pagare di persona, la maggior parte dei loro coetanei sembrava felice di avere un posto assegnato, una funzione riconosciuta, un limite, un destino.

Loro no, non lei e Umberto, no.

Loro dubitavano e ridevano e, di tanto in tanto, quasi con timidezza, si domandavano che fine avessero fatto i più vecchi.

Erano stati i primi a partire, e senza tante fanfare. Destinazione: un non meglio identificato luogo di cura e di riposo. Umberto aveva detto: se fosse ancora vivo Muller, andrei a cercarlo, andrei a trovarlo, andrei a controllare come lo trattano. Ma Muller, mitico professore di filosofia, era molto opportunamente morto per tempo. O almeno così le aveva raccontato Umberto. Altri "veri vecchi" non ne conoscevano, avendo perso da un pezzo i genitori, e non avendo alcun motivo per frequentare gente di ottant'anni o novanta.

Forse anche noi, inconsciamente, tendiamo a rottamare chi ci ha preceduto, aveva concluso Umberto.

Poi le aveva sfiorato una natica e l'aveva invitata a entrare nell'acqua calda e profumata di sali marini.

Negli ultimi tempi capitava che, dopo essersi spogliati, si buttassero nella vasca da bagno ottagonale insieme.

Umberto aveva incominciato, nell'ultimo anno, a rallentare il ritmo del lavoro.

Non doveva più aspettarlo fino alle undici, non le toccava sedersi di fronte a lui al tavolo del salone e guardarlo mordere una mela e un pezzo di formaggio, con la voracità distratta di chi si è nutrito d'altro.

Negli ultimi tempi era capitato a lei, più d'una volta, di mollare a metà una riunione e correre a casa per non lasciarlo solo.

Lui usciva dall'ufficio alle sei, ormai. Come i gradi inferiori nella gerarchia delle responsabilità. E lei non sapeva mai come l'avrebbe trovato. Di che umore.

Così staccava prima, sconvocava, riconvocava, rimandava.

Le sue uscite anticipate venivano salutate con sospetto. Ma lei non ci faceva caso.

Bene: adesso non ce ne sarebbe stato più bisogno, di sgusciare fuori dall'ufficio in anticipo.

Provò a sentirsi libera. Non è sempre domenica. Il giorno dopo, l'inevitabile lunedì, sarebbe andata a lavorare senza il fastidioso retropensiero che l'aveva oppressa per tutto l'anno appena trascorso: devo stargli vicino, devo approfittare, finché posso, della sua presenza. Ed eventualmente aiutarlo.

Dobbiamo ridere insieme di Federica.

Dobbiamo commentare e confrontare e decodificare e immaginare la curva dei possibili nefasti sviluppi della situazione per così dire "politica", come due congiurati, perché siamo esattamente questo, due potenziali congiurati, creature precedenti, figlie dell'ordine dismesso. E rimosse insieme al disordine in cui tutto è naufragato.

Provò a sistemarsi nella parte dell'oppressa. Una vittima, una vedova azzurra. Ma non le piaceva. Non le era mai piaciuto sentirsi in credito col mondo, preferiva aver torto che doversi considerare incompresa, perseguitata o malintesa o discriminata.

Le piaceva svolazzare fra i pericoli e le malinconie della vita con la leggerezza dei principianti, coraggiosi per ignoranza e benedetti da un costante stato di meraviglia. Le piaceva e ci era sempre riuscita.

Anche quando la situazione si era fatta pesante.

Aveva continuato a giocare con ostinazione, finché c'era stato Umberto.

Bene. Adesso il gioco è interrotto, pensò.

Non c'è più nessuna certezza.

Neppure che ci rivediamo. Io e lui. E io non so giocare da sola.

Meccanicamente, cercando la pace dei gesti quotidiani, Elisabetta si spostò nella grande cucina invasa dai raggi di un sole obliquo, la cui forza era direttamente proporzionale alla consistenza delle nuvole nere attraversate e parzialmente dissolte.

Un sole da dopo temporale. Luminoso e imprevisto e feroce.

Spalancò quasi con rabbia la porta finestra del giardino. Uno strepito di uccelli la investì senza farle piacere.

Era il 9 di gennaio, c'erano 19 gradi centigradi. Quando il sole completerà la sua battaglia contro quei residui di grigio si arriverà a 22-23 gradi, pensò Elisabetta.

Gli uccelli partivano e tornavano, disorientati per la scomparsa dell'inverno. Plotoni di V nere che si scontravano sopra le cime degli alberi, cinguettando stizzite.

Elisabetta chiuse la porta escludendo i profumi del giardino.

Accese la macchina del caffè e lo guardò scendere nella tazzina di porcellana decorata di rose rosa.

Le sarebbe costato rinunciare agli oggetti delicati e raffinati di cui si era circondata per tutta la vita. Tazzine, vassoi, la teiera blu. I calici ereditati dal padre di suo padre. Così sottili, con quei festoni incisi nel cristallo, come ricami.

Sì, le sarebbe costato.

Un olocausto. Sentì l'orlo della porcellana di taglio sulle labbra.

Spoliazione. Ho quattro anni per abituarmi.

Ho quattro anni per non pensarci.

Umberto aveva fatto così. Non un pensiero prima della lettera.

Ma Umberto aveva conservato una vocazione all'adeguamento che lei non sapeva, non poteva raggiungere.

Un fondo di virile disciplina.

L'ordine è sempre patrilineare. In un modo o nell'altro.

Nadine, di ritorno dal suo pomeriggio di libertà, si affacciò alla porta della cucina.

"Ha bisogno, signora?"

Elisabetta la congedò con un gesto leggero e un sorriso. Tutto

bene? Ti sei divertita? Se anche avesse avuto bisogno di qualcosa non glielo avrebbe detto: da quando s'era incominciato a
parlare del ritiro di Umberto, Nadine si era sintonizzata su un
broncio da vittima del lavoro subalterno. Eseguiva svogliata-
mente le sue mansioni, e pareva rianimarsi soltanto quando
c'erano Matteo e Federica a cena.

All'improvviso, e con una violenza difficile da dominare con
il silenzio, Elisabetta si sentì investire da un'ondata di rabbia.

"Ah," gridò, poi gridò ancora: "Aaaah!"

Sentì aprirsi e chiudersi la porta della stanza di servizio.

"Esco," disse a Nadine, a se stessa. Alla casa vuota.

3.

Federica accese la musica diffusa e sgusciò fuori dall'aderenza dei vestiti con un paio di mosse di danza, non passi, piuttosto slittamenti dei fianchi.

Vide il suo corpo nudo riflesso nelle pareti di specchio.

Le luci presero a illuminarla, a scatti, di colori diversi, come in una vecchia discoteca. Per qualche minuto continuò a ballare e a guardarsi.

Poi incominciò ad aspettare Matteo.

Alzò il volume, la musica è un segnale convenuto.

L'obiettivo l'hanno centrato con la consueta precisione, quelli di My Mood. Federica ha digitato: sesso + malinconia. E vai con un rock languido. Melodico quanto basta ad agganciarti, e poi la band accelera, mostra le zanne, e parte, le percussioni contrastano i violini fino a zittirli, esplode la velocità e un gigantesco volume di suono ti si riversa addosso. Devi soltanto lasciarti travolgere.

Sesso + malinconia. Rischio scazzo 3B. Serata difficile. Vorrei portare a casa un po' di piacere, please. Anche se lui è arroccato sulla pesantezza.

Federica provò a consegnarsi interamente al ritmo.

Perdere i pensieri, perdere le parole. Ballare è bello. Comunque.

Godimento solitario? Avrei cliccato quello se avessi voluto quello.

Invece voglio lui.

Un sottile senso di dispetto le impediva di sciogliersi completamente.

Aprì gli occhi e vide Matteo sulla soglia della camera da letto.

Intensificò fino al limite delle sue possibilità di seduzione carnale l'ondeggiare dei fianchi, delle spalle, dei glutei.

Come una ballerina sul palcoscenico scelse Matteo in una ipotetica massa scura di uomini presenti e adoranti. Lo guardò fisso, gli occhi accesi di cupidigia passiva, la preda armata che punta il cacciatore.

Matteo restò a guardarla.

Una professionista che non ha perso la passione dei dilettanti.

Appetitosa e stucchevole, come una torta troppo dolce.

"Sembri disossata," disse e spense la musica diffusa, schioccando le dita in direzione del sensore.

Federica continuò a muoversi a ritmo rallentato, mentre la pelle incominciava a produrre minuscole gocce di sudore.

"Ho capito, stasera hai deciso di essere uno stronzo."

Si fermò, come per esaurimento delle batterie.

Matteo entrò in bagno e le tirò addosso l'accappatoio.

"Un pugile nel suo angolo," disse Federica.

"Esci o chiami qualcuno?" chiese Matteo, se l'era seduta in braccio e le stava pettinando i lunghi capelli umidi di sudore.

"Fammi la treccia," disse Federica.

Matteo prese a dividere le ciocche e a intrecciarle.

"Se chiami qualcuno dimmelo che vado a dormire da mia madre."

"Non esco e non chiamo nessuno. Ti sembrerà buffo ma voglio scopare con te. Lo sai che giorno è, no? Fra diciotto giorni compio venticinque anni. Non mi va di fare le cose in fretta. Non mi va di andare in giro, non mi va di scegliere altri che poi magari sbaglio. Quindi. Se eri carino e si ballava okay, sarebbe stata una serata di estasi dei sensi. Visto che sei di umore stronzetto basta che ti fai venire un'erezione e mi semini 'sto benedetto bambino, tanto perché tu lo sappia è in corso un'orgia di ovuli nelle mie parti basse."

Federica si alzò, si tolse l'accappatoio e lo lasciò scivolare sul pavimento.

I capelli le facevano male per quanta forza Matteo aveva investito nell'intrecciarli. Le tiravano le arcate sopracciliari, la fronte. Si sentiva addosso un'espressione di altezzoso stupore.

Voleva farsi guardare.

"Sei molto bella," disse Matteo, come muovendo una bambola, la fece voltare. Le sfiorò la spina dorsale. "Sì, molto molto bella. Dovresti sempre andare in giro con una lunga treccia bionda che dondola fra due magre scapole nude."

Le toccò la natica sinistra con una sculacciata.

"E adesso va' a far felice qualcun altro. Io voglio rimanere stronzetto. Domani ho una giornata pesante."

Federica si chiuse in bagno.

Matteo ascoltò la doccia scrosciare, con sollievo.

Sedette in cucina con gli appunti del discorso per suo padre.

Voleva rileggerlo, non voleva che Federica se ne accorgesse.

In casa c'erano soltanto due stanze, la camera da letto e un salotto sghembo. La cucina era piccola e odorava di muffa per i monopasti ipoproteici che Federica si ostinava a cuocere al vapore. Non l'avrebbe mai ammesso ma sapevano di muffa, di carta ammuffita.

E quell'olezzo scoraggiante saturava l'ambiente.

Matteo aprì la finestra.

Fra quattro anni, quando anche Elisabetta sarebbe partita per il ritiro, si sarebbero stabiliti a casa. "In villa," diceva Federica. O tutti e due, in questo caso in tre con il bambino, oppure lui da solo, se si fosse sciolto il matrimonio, cosa che gli pareva probabile o impossibile a giorni alterni.

Federica se ne moriva dalla voglia di lasciare quell'appartamentino angusto. Non faceva che cantare le lodi del grande giardino con gli aranci, le agavi, le azalee, il campetto da tennis e il roseto.

Tua madre sola in tutto quello spazio. Uno spreco inammissibile.

Questo il ritornello dei giorni antipatici. L'altro era: sarebbe felice. Le terremmo compagnia. Ma se avesse voglia di compagnia ci avrebbe invitati, ti pare?

Era una diatriba ricorrente, da quando Umberto era entrato nella fase propedeutica al ritiro.

Secondo la regola, partito il genitore di sesso maschile, che quasi sempre era anche il più vecchio, i figli avevano diritto a stabilirsi nella casa disertata dal padre. Il genitore ancora attivo non poteva impedirlo. Non secondo la regola.

Ma ovviamente molto dipendeva dalla sensibilità dei figli.

C'erano fratelli e sorelle che litigavano. C'erano fratelli e sorelle che si spartivano il bottino in armonia.

C'erano madri che non vedevano l'ora di accogliere i figli e riempire di vita il vuoto lasciato da esseri umani cari, ma comunque arrivati a scadenza. C'erano madri così devote al nuovo corso da lasciare l'intera casa ai figli prendendo in cambio la loro, quasi sempre più piccola e misera. Dicevano frasi come: voi avete bisogno di spazio, noi dobbiamo abituarci a farne a meno.

Le notizie sulla logistica del ritiro erano scarse e alonate di leggenda, ma si sapeva che s'andava a stare in camere singole, per gli ottimisti in una camera e cucina.

Poi c'erano le madri come la sua, che i figli non li invitavano affatto, che non licenziavano la cameriera per abituarsi a far da sole (i ritirati non potevano, ovviamente, farsi servire da personale proprio, era illegale), che non temevano la solitudine.

Erano una minoranza, le madri come la sua.

Come erano una minoranza le madri che se ne andavano per prime, in quanto sposate con uomini più giovani. Erano una minoranza anche le coppie genitoriali che arrivavano alla scadenza di uno dei due coniugi essendo ancora una coppia, ancora insieme. Sua madre era una minoranza nella minoranza.

Non si era fatta vedere alla cerimonia. L'unica, fra le poche ancora accoppiate, che non aveva sentito il bisogno di prendersi la sua parte di applausi.

A Matteo era dispiaciuto, anche se aveva cercato di contrastare quel sentimento così infantile. Aveva scritto un bel discorso, avrebbe voluto che lei lo ascoltasse.

"Mamma non è venuta?"

"Tua madre? Lo sai come la pensa..."

E tu, come la pensi tu? Avrebbe voluto chiederglielo, proprio lì, nella sala del consiglio, mentre prendeva posto dietro il vetro, insieme a una cinquantina di uomini nati insieme a lui e tutti, in un modo o nell'altro, meno in forma, meno eleganti, meno sicuri di sé.

Non gliel'aveva chiesto.

Del resto, non avrebbe risposto, se non con qualche formula evasiva.

Era un uomo di mondo.

Aveva presieduto consigli di amministrazione abbastanza a lungo da essere perfettamente in grado di occultare, con scrupolo, tutto quello che non doveva essere mostrato.

Non aveva bisogno di sostegno, non rischiava di rendersi ridicolo, esternando emozioni negative.

Così Matteo era andato a sedersi nell'emiciclo destinato ai figli, in attesa del suo turno. Senza portarsi dietro niente di più personale di una virile stretta di mano.

"Sono curioso di ascoltare il tuo discorso di commiato, figlio mio."

Prese i fogli stampati dalla borsa. Nel silenzio sentì esplodere qualche colpo d'arma da fuoco.

Evidentemente Federica aveva deciso di non uscire. E non aveva neanche chiamato uno dei suoi partner.

Stava giocando. E probabilmente era arrabbiata.

Peggio per lei.

Matteo incominciò a rileggere il suo discorso.

"Umberto Delgado è mio padre, da lui ho imparato prima a raggiungere e poi a mantenere la posizione eretta, a controllare gli sfinteri e le emozioni, a dare un nome agli oggetti, a riconoscere i sentimenti, e poi a comunicarli, a darmi degli obiettivi, a elaborare la frustrazione per non averli raggiunti e poi a darmi nuovi obiettivi. Tutto ciò che ho imparato da Umberto l'ho imparato imitandolo. È stato l'esempio di maschio adulto su cui mi sono formato. Ritengo di essere stato benedetto dalla fortuna, per aver ereditato i suoi geni e per aver potuto godere della sua intelligenza fin dall'inizio della mia carriera di umano. È stato un bell'aiuto e io gliene sono grato. Gli sono grato di aver parlato e taciuto con un impeccabile senso dell'opportunità. Umberto Delgado, mio padre, è un membro vincente di questa comunità. Si è laureato in scienze politiche con ottimi voti. A ventiquattro anni era ricercatore, a ventisette professore associato, a trentaquattro aveva una cattedra all'università. A quaranta si ritirava, stanco di essere un barone. Entrava com direttore del personale alla Finmeccanica. E poi da lì, direttore generale e quindi amministratore delegato. Per non tradire il suo passato di intellettuale scriveva e pubblicava, con cadenza annuale, quattro ponderosi saggi, uno sulla rappresentanza, uno sulla degenerazione dei partiti politici, uno sulla riorganizzazione dell'etica condivisa in assenza di religioni o ideologie, uno sulla funzione della sconfitta nella formazione dell'essere umano."

A questo punto si era interrotto, aveva guardato suo padre che, come tutti gli altri prima di lui, ascoltava in piedi l'arringa del figlio, e gli aveva chiesto: "Dico bene, pa'? Ho dimenticato qualcosa?"

Era serpeggiato, fra gli astanti, un mormorio di scandalizzata approvazione.

Il discorso dei primogeniti non prevedeva quel tono confidenziale, ma il Delgado, fra la piccola folla di ritirandi, era certamente un numero uno e, benché il processo di raggiungimento del limite anagrafico funzionasse come una livella, un trattamento privilegiato non era da considerarsi inaccettabile.

Matteo rivide suo padre sorridere e chinare la testa in una imitazione di modestia molto opportuna.

Risentì il breve applauso con cui il gesto fu accolto.

Era stato un bel momento.

E di nuovo gli dispiacque che Elisabetta avesse snobbato la cerimonia. Con un brivido cercò di scacciare un pensiero molesto: che cosa sarebbe accaduto fra quattro anni. Anche sua madre era un numero uno, e questo aveva reso la coppia non già più fragile, come sarebbe stato ovvio e normale, bensì più forte. Una micidiale alleanza fra pari.

Si chiese se avrebbe consentito a Federica di recitare il

discorso di commiato per sua madre... quando non c'erano figlie femmine si incaricavano le nuore, soprattutto se, come era nella regola, erano già madri del previsto nipotino. In mancanza di nuore toccava a qualche giovane donna scelta dalla ritiranda. Elisabetta ne aveva tante sotto di lei. Tutte molto fedeli, non essendo più l'ambizione personale bensì un'alternanza obbligata, quella che consentiva l'accesso ai piani alti. Fedeli e intellettualmente ben attrezzate.

Sarebbe stata una di loro a tenere il discorso?

Francesca, con quegli occhi da cerbiatta predatrice, Claudia, con il suo fisico da kickboxer, o Maddalena, così marcatamente soave...

Non voleva pensarci. Richiuse la cartellina. Gli spari, le sirene e quell'impasto stridente di cingolati e gabbiani s'erano interrotti all'improvviso. Dalla camera da letto giungeva un imprevedibile silenzio.

Non era normale.

Matteo si alzò controvoglia, si affacciò alla camera da letto, il megaschermo pulsava di una intermittente luce rossa trasformando il buio in penombra. Federica, gli occhi chiusi, la treccia sciolta, era appoggiata a quattro cuscini sistemati uno sull'altro, in scala, a formare una morbida parete obliqua. Nuda e inerme, più che addormentata pareva afflitta da una malattia respiratoria, di quelle che ti impediscono la posizione supina. Matteo restò a guardarla.

Era capace di restare immobile per ore, disciplinando il respiro che, tuttavia, era troppo controllato per evocare il sonno. Quando giocava dava il meglio di sé. Si impegnava con la serietà dei bambini. In qualsiasi gioco, elettronico, competitivo, di imitazione.

Questo era di imitazione. Lei era una malata terminale bellissima e lui il chirurgo che voleva salvarla.

Lentamente, come eseguendo qualcosa cui non poteva davvero sottrarsi, Matteo le sfiorò la fronte con una carezza. Federica modulò un gemito, poi gli afferrò il polso e lo costrinse a cadere sul suo corpo. Poi a scivolare sul letto, a consentirle di salire lei su di lui, di aprirsi un varco fra i vestiti e, alla fine, di impugnare il suo sesso con un gesto di sbrigativa esattezza.

Non cercò di ritardare l'inevitabile percorso dell'eccitazione, non era necessario né desiderato, non in quel momento. Il desiderio non era in discussione, quella sera, o forse lui aveva perso il diritto a goderne i benefici quando aveva rifiutato la fase della stimolazione musicale.

Federica voleva assorbire il suo seme, le modalità dell'atto le erano indifferenti, addirittura estranee. Ci teneva a concludere, perciò aveva licenziato la sua naturale sensualità, non intendeva essere altro che l'umile custodia dell'incontro fra un ovocito e uno spermatozoo. Un anfratto di terra fertile, un tabernacolo, il tempio dedicato all'attività del procreare.

Accolse perciò l'eiaculazione con uno stupefacente canto di vittoria. Aveva una voce tagliente e intonata.

Prese a dimenarsi seduta a cavallo del corpo di Matteo, contraendo e allentando i muscoli pelvici sul sesso di lui.

E cantando.

Erano parole di un inglese inventato, ma suonavano come un inno alla gioia.

4.

"Nel primo mattino della mia nuova vita, mi sono svegliato con una leggera emicrania," disse Umberto a bassa voce, guardandosi nello specchio del bagno. Poi aggiunse, rivolto a quel crudele primo piano mal illuminato: "E sto incominciando a parlare da solo." Si toccò l'unica ruga che gli attraversava la fronte. Prese tra il pollice e l'indice la pelle di una guancia, poi la pelle del collo.

Dovrei impegnarmi nel processo di dissoluzione, disse. Che le mie fattezze si adattino al mio destino, almeno.

È una questione di coerenza.

Fece un passo indietro e provò a fare amicizia con l'ambiente in cui avrebbe eseguito, giorno dopo giorno, sera dopo sera, le funzioni primarie del ricambio e dell'igiene personale.

Lo specchio era piccolo, il lavandino non era, come avrebbe dovuto essere, incastrato in un ampio piano di marmo. Era invece angusto, attaccato a un rettangolo di muro piastrellato di bianco, e sotto, in un'intollerabile imitazione d'eleganza, c'era un panciuto armadietto di legno laccato verde, in stile Settecento veneziano. La doccia era dietro una tenda di plastica azzurra e non dietro una mobile parete di cristallo.

"Un bagno avvilente," disse Umberto.

Eppure, la sua "sistemazione", come l'aveva chiamata la giovane signora che li aveva accolti, era di tipo A.

"A come serie A?" aveva chiesto, provando a eliminare ogni accento rivelatore di qualsiasi sentimento, proprio o improprio, dalla sua voce.

"A come alberghiera," aveva risposto la signora, lasciando intendere che sì, comunque, si trattava di un privilegio.

L'albergo era un grande casale di campagna, affacciava su una piscina termale perpetuamente brulicante di teste d'uomo incappucciate di plastica azzurra, ed era circondato da un mareggiare di colline morbide e sinuose.

La natura intorno alla costruzione era ricca e ordinata, con gli alberi che, al calar del sole, venivano illuminati dal basso, da generosi fanali gialli. I rami erano già irti di gemme, per quella latitanza dell'inverno. Di notte, nel nitore del buio, si alzava una coltre di vapore dall'acqua calda delle vasche, come in un inferno ben attrezzato e benefico.

La stanza numero 133, che affacciava proprio sulla piscina, era abbastanza grande, il pavimento, ricoperto da una stuoia di cocco dello stesso colore delle tende, conferiva all'insieme una sobria e igienica eleganza.

Il letto era singolo e questo dettaglio aveva causato, a Umberto, un soprassalto di dolore.

Di tutta quella burocratica rivoluzione, l'unica cosa che davvero non aveva capito era la separazione dei sessi.

La sera prima, all'arrivo, quando tutti erano scesi dal treno decorato e imbandierato, ed erano saliti su una decina di pulmini azzurri, aveva inutilmente cercato presenze femminili.

Niente, non una querula o tintinnante risata, nessuna voce di soprano o contralto, tutti bassi baritoni e tenori. Un mono-tono maschile. Omogeneo per genere e generazione.

Tutti uomini, tutti obbligatoriamente singoli.

Come se il concetto stesso di ritiro non potesse andare disgiunto da un'idea di clausura conventuale. Come se tutti loro, per la maggior parte ancora forti, sani e coinvolti in una fitta rete di relazioni con donne, dovessero attenersi a un voto di castità non ufficialmente imposto dalla nuova legge, ma previsto da un misterioso statuto anagrafico.

Per la prima volta si era dispiaciuto di non aver partecipato ai corsi propedeutici.

Avrebbe potuto chiedere chiarimenti.

Gli avrebbero spiegato, e se la spiegazione fosse stata insufficiente, avrebbe chiesto maggiori dettagli e glieli avrebbero forniti.

Troppo tardi.

Non l'aveva fatto, per superbia. E ora gli mancavano gli elementi base per comprendere appieno la sua situazione.

Era prigioniero in un paese di cui si era rifiutato di imparare gli usi e i costumi, la lingua, la cultura.

E qualsiasi pentimento tardivo non avrebbe fatto che peggiorargli l'umore.

Si buttò sul letto. Aveva dormito un sonno leggero e intermittente.

Senza riuscire davvero a dimenticare la giornata che voleva lasciarsi alle spalle.

Aveva dormito vestito, si era tolto soltanto la giacca.

Si chiese, buttando la camicia sporca sul pavimento, chi gliel'avrebbe lavata.

Continuava a produrre domande.

E non sapeva a chi porle.

La cerimonia dell'arrivo, con l'appello nominale, era stata di una tristezza senza pari.

Alcune centinaia di uomini maturi stivati in una tensostruttura, un palcoscenico leggero, un microfono, un festone di stoffa colorata, quattro cesti di fiori... era lì che aveva visto le uniche quattro donne, prima di incontrare la signora dell'albergo.

Si trattava delle consuete ragazze da parata, tappezzeria di ogni convegno congresso seminario o assemblea. Quelle creature dai lunghi capelli spioventi e dalle lunghe gambe issate su alti tacchi sottili, quelle giovani cariatidi immobili, in equilibrio sulle punte di scarpe a punta, con le giacchette blu avvitate e le gonne corte e aderenti a mostrare cosce di ogni tipo, affusolate trapezoidali coniche, quelle mute e inespressive testimoni di qualsiasi rituale benedetto dall'ufficialità. Erano inevitabili e solenni come i rappresentanti delle istituzioni che si alternano al microfono per i saluti di rito, e aprono i lavori dei congressi, dei convegni, dei seminari. Altrettanto ritualmente, erano votate a un silenzio assoluto, le labbra, disegnate dalla matita color mattone, appena socchiuse, gli occhi persi in un orizzonte di teste.

In un primo tempo Umberto aveva pensato che avrebbero portato in platea, come accadeva in genere, un microfono per chi, fra i deportati, aveva intenzione di porre qualche quesito.

Ce n'erano, a guardarli, che, secondo lui, non vedevano l'ora. Quelle anime da riunione di condominio che si fanno un punto d'onore di dire la loro sempre e comunque.

Invece no. Nessuno s'era dato la pena di allestire il consueto siparietto di democrazia. Quello che si era presentato come prefetto (quarant'anni, capelli rasati a occultare un principio di precoce alopecia, camicia aperta sotto un maglione azzurro), si era esibito in un discorso insolitamente breve.

"Cari amici, è con grande piacere che vi do il benvenuto in questa riserva a voi dedicata. Da questa sera incomincia per voi una nuova vita. Una vita di riposo e benessere, dopo gli impegni del lavoro e della famiglia, delle responsabilità e della competizione."

Dopo poche altre frasi, tutte ugualmente tese a presentare positivamente la deportazione, aveva ceduto il microfono a una delle giovani cariatidi, che aveva iniziato a leggere i cognomi in ordine alfabetico. A ciascuno era stato chiesto di alzare la mano sentendo il suo.

La cosa era andata piuttosto per le lunghe e le ragazze si erano alternate al microfono perché ciascuna non fosse sottoposta a uno sforzo eccessivo oppure privata del suo momento di protagonismo.

Alla fine, quando soltanto un atavico disagio da banchi di scuola contrastava una noia crescente, Umberto aveva sentito risuonare il suo nome, insieme a una decina di altri.

Bini, Biorci, Cerquetti, Danone, Delgado eccetera eccetera erano pregati di seguire la signorina Simona.

La signorina Simona, soavemente identica alle altre tre, aveva alzato la mano. I nominati l'avevano raggiunta e seguita.

Fino al primo dei pulmini azzurri parcheggiati in una piazza insolitamente deserta.

Una dozzina di uomini di sessant'anni in giacca e cravatta.

Si erano stretti la mano prima di prendere posto ciascuno su uno dei sedili in similpelle marrone.

Piacere. Molto lieto. Oppure soltanto il cognome. O il nome. Luciano. Giorgio. Paolo. Chi aveva corredato la stretta di mano con il nome di battesimo, aveva registrato Umberto, aveva offerto al compagno di sventura anche un franco e significativo sorriso.

Siamo qui, facciamo tutti parte della classe dirigente uscente, in un modo o nell'altro, vediamo di provare a prenderla bene.

Tanto, rodersi il fegato è inutile.

Umberto cercò di ricordarsi se anche lui aveva sorriso.

Stranamente, pur avendo, per tutta la giornata, prestato una attenzione straordinaria a ogni dettaglio, non riusciva a situare se stesso in uno dei tre grandi gruppi in cui aveva suddiviso tutti gli altri: gli accigliati, i neutrali, i collaborativi.

Aveva sorriso o no?

Aveva detto "Umberto", "piacere" o niente?

Si alzò dal letto, in preda a un'incertezza comportamentale che lo riportava all'adolescenza.

Aprì la valigia. Gliel'aveva preparata Elisabetta, come per tutti i suoi viaggi di lavoro. Sei paia di mutande, sei paia di calzini di filo di Scozia al ginocchio, sei camicie, tre bianche e tre pastello chiaro, una giallina, una azzurrina, una rosa cipria, un abito a giacca scuro, uno spezzato, due sottogiacca coordinati alle camicie, un pigiama di seta, una tuta da jogging, un paio di Mitzuno Running, due cravatte... Come se dovessi stare via una settimana, tre giorni, cinque giorni, quarantotto ore... Indossò la camicia giallina. Mentre stava allacciando i bottoni cambiò idea, indossò la tuta da jogging. Aveva sorriso o no? Se lo domandò di nuovo.

Scese la bella scala di pietra con passo atletico.

Se ho sorriso è la naturale conseguenza di un atteggiamento positivo: tenuta fitness, vacanza in campagna. Se non ho sorriso, l'intenzione di santificare il corpo sarà interpretata come un virtuoso ripensamento.

Ginnico e determinato, eretto quanto un ballerino di tango e consapevole, a ogni passo, del suo statuto di longilineo, attraversò un primo salotto attrezzato con tavolini rotondi, mazzi di carte, scacchi, dama, Scarabeo, backgammon e Risiko.

Ciascun gioco era ben chiuso nella sua scatola. Erano oggetti che non si vedevano da anni, essendo, ogni gioco, anche il più antico, consumabile in rete.

Umberto sfiorò il cartone colorato, sentendosi come la comparsa di un film in costume, costretto a muoversi fra le citazioni di un'epoca scomparsa.

Constatò che non c'era nessuno.

Entrò in un secondo salotto, più grande. Lì si fronteggiavano divani di vimini dipinti di bianco e grandi cuscini di panno azzurro. C'erano tavoli bassi. Piante in vaso. Cesti ricolmi di riviste di giardinaggio, rock&blues, cani&cavalli, numismatica vintage, auto&moto, calcio&golf, salute, arte&letteratura.

Non aveva mai visto tanto cartaceo tutto insieme, non in epoca recente. A Elisabetta sarebbe piaciuto.

Nemmeno questo secondo salotto era benedetto da una presenza umana. Umberto si fermò davanti a una delle porte finestre che davano sul giardino. Una voce femminile gli arrivò alle spalle, facendolo voltare con un sussulto.

"Se cerca la sala colazioni è in fondo a destra."

Si trattava della signora che aveva ricevuto il drappello dei privilegiati la sera prima. Una donna giunonica, alta, dalle gambe forti, con un visetto grazioso ma sproporzionato rispetto al totale, come se appartenesse a una persona più minuta e fosse stato sistemato sopra quell'ampio paio di spalle nell'intento di negarle l'accesso alla prestigiosa categoria delle belle.

"Lei è Umberto, vero?" disse e gli tese la mano dicendo: "Leonora."

Umberto la strinse.

In silenzio.

"Lei ieri sera non ha cenato. Venga a fare colazione prima che finisca il pane fresco. La colazione è servita dalle 8 alle 11. Al mattino è bene riposare, non tutti ci riescono subito, è una questione di abitudine. Ma vedo che lei si è già adeguato, sono le 10 e 35. Dalle 13 alle 14 viene servito il pranzo. Dalle 19 e 30 alle 21 la cena. Le ho fissato un appuntamento con il nutrizionista, l'internista e lo psicologo. Questi sono, come dire, di routine. Opzionali sono dermatologo, epatologo, ematologo, oculista, otorino, endocrinologo e... andrologo, naturalmente. Ricevono su appuntamento, ma non c'è molto da aspettare. Siete soltanto sessantaquattro in questa struttura, per ora."

Leonora tacque, con la stessa energia con cui aveva parlato.

Inquadrata in un breve, calcolato silenzio, che la facesse risaltare come meritava, Umberto disse la sua prima frase: "Incoraggiate l'ipocondria, evidentemente."

"Al contrario, la scoraggiamo, fornendo gli specialisti necessari a rassicurare gli anziani troppo attenti al proprio corpo." La parola "anziano" arrivò a segno come un colpo di frusta.

Nessuno gliel'aveva mai indirizzata direttamente.

Mai. Neppure nella cerimonia del commiato.

"Non faccio parte della categoria," disse Umberto, senza chiarire a quale delle due non appartenesse, se agli anziani o agli ipocondriaci.

"Meglio per lei. Vuol dire che farà soltanto i controlli obbligatori."

Umberto, che era rimasto, con Leonora, sulla soglia della sala colazioni, si inoltrò verso l'unica tavola di legno che tagliava in due la sala. Era un rettangolo piuttosto stretto. I lati corti tenevano due soli coperti, i lati lunghi trenta per parte. C'erano, seduti fra bricchi azzurri di porcellana spessa e bianche tazze da pochi soldi, una quarantina di uomini.

Sedette con la gola serrata dall'angoscia. Quella promiscuità coatta lo offendeva. Evidentemente non era l'unico a essere di malumore. Ce n'erano almeno altri cinque. Quelli che non alzarono neppure gli occhi dal piattino con la marmellata e i biscotti integrali per salutare il suo ingresso nella comunità. Gli altri, chi più chi meno, si presero la briga di sorridere e presentarsi, snocciolare qualche commento neutrale sulla qualità della colazione, sul sole malato che illuminava la campagna e perfino su Leonora che, essendo la sola donna presente, e in assenza di partite di calcio, doveva farsi carico della socializzazione maschile di grado zero.

Un tipo con una sospetta capigliatura corvina, dopo essersi presentato come il più grosso commercialista di Viterbo, contravvenendo a una delle regole principali, quella di non accennare al proprio passato professionale, annunciò a tutti che, a lui, la padrona dell'albergo non dispiaceva. E si era già preso qualche confidenza. La ragazza aveva 33 anni e, non essendo sposata, aveva due figli di fecondazione eteroclita. Il primo, correttamente, aveva otto anni, il secondo, che era un optional, ne aveva soltanto tre, ma Leonora gli aveva confidato, a lui e soltanto a lui, che stava per andare a farsi inoculare il terzo. Un tale Roberto, seduto a capotavola e intento a bere la settima tazza di caffè, dichiarò che, lui, non avrebbe lasciato la signora sola in un'asettica stanza di ospedale a farsela con le siringhe e gli alambicchi, c'erano altre vie alla procreazione, no? Quelli della loro generazione lo sapevano bene.

A ridere, ammiccanti, furono in pochi.

Facendo tesoro del leggero sollievo che questa constatazione gli aveva regalato, Umberto si alzò, disse "Con permesso" e uscì dalla stanza, seguito dalla curiosità di quanti lo avevano riconosciuto.

5.

"Non ce la faccio. Credevo che ce l'avrei fatta. E invece no, non ce la faccio," disse Elisabetta.

Lo disse alle tre giovani donne che avevano preso posto davanti alla sua scrivania. E che la guardavano, costernate.

La prima a reagire fu Maddalena, la meno giovane, che si alzò, e andò a chiudere a chiave la porta dell'ufficio.

Come se quella modesta precauzione avesse consentito a tutte di insediarsi nell'amabile territorio della confidenza fra donne, Claudia sorrise e disse: "Io me ne ero accorta che non eri del solito umore, ma non mi preoccuperei. Nessuno si aspetta che tu non senta la mancanza di tuo marito. È passato soltanto un mese."

"E ti dirò di più," incalzò, rassicurata, Francesca, "quelle che incassano la partenza del partner senza farsi un giorno di malinconia non sono ben viste."

Ora che tutte e tre avevano detto qualcosa si disposero all'ascolto.

Nessuna di loro era perfetta, secondo i canoni. Un capo più cauto di Elisabetta non le avrebbe promosse. Maddalena, troppo vecchia per sottostare a tempo debito alla regola dei venticinque, pur avendo ventinove anni non aveva ancora figli e, nonostante i numerosi richiami, nicchiava, invece di correre ai ripari, in attesa di un uomo che si candidasse a padre e procedesse a ingravidarla di persona. Claudia aveva avuto una bambina in ritardo e la stava crescendo con una donna che, a sua volta, aveva avuto una bambina in ritardo. L'omosessualità era accettata e benedetta, se rientrava nella categoria dei piaceri sessuali, come qualsiasi altro accoppiamento eterodosso, meno se corrispondeva a una scelta di vita. Soltanto Francesca, madre di un neonato e ventiseienne, aderiva al modello, ma la sua dedizione verso Elisabetta travalicava di gran lunga la prevista lealtà aziendale. Era stata vista baciare la sua fotografia, quella piccola, in alto, nella pagina dell'editoriale dell'unico cartaceo residuo del Gruppo, il Catalogo delle opportunità.

Era stata scoperta e identificata, mentre eseguiva quel rituale da groupie. Il fatto era stato messo in relazione con la sua personalissima guerra contro Fausto Genna che, secondo l'opinione corrente, avrebbe sostituito Elisabetta, allo scadere del tempo.

Elisabetta dedicò a Francesca uno sguardo di accorata severità, stava per dire che non si trattava soltanto di un giorno di malinconia, ma riuscì a tacere. Di stretta misura, come le succedeva sempre più spesso.

Sapeva di poter contare sulle ragazze. La consigliavano, la coprivano, le riportavano ogni commento maligno, ogni frase impropria su di lei.

Sapeva altrettanto chiaramente che era inutile caricarle del peso intollerabile del suo rimuginare.

Credeva che ce l'avrebbe fatta ad affrontare l'assurdo sistematico, l'intrusione autoritaria nell'intimità delle vite quotidiane, delle scelte esistenziali, il controllo statale del tempo. Credeva, aveva creduto, di potersi uniformare.

Ho vissuto la crisi del mondo di prima, aveva pensato, gli

anni del disfacimento, il trionfo del particolarismo, dell'individualismo di massa, degli egoismi di categoria, di casta... ho sperato, come tanti, che riavere una regola potesse essere bene, meglio... ci ho provato. Ho collaborato. Ma adesso è chiaro, è evidente, è incontrovertibile: non ce la faccio.

"C'è un'invisibile linea rossa, un confine personale, che io..."

Non si accorse d'aver incominciato a parlare, come per un involontario affiorare alla superficie del flusso dei pensieri.

Francesca tirò fuori lo smartphone e fece partire la registrazione. Un po' per abitudine, un po' perché tutto quello che diceva Elisabetta le pareva degno di essere conservato. Almanaccava ossessivamente sul giorno in cui sarebbe stata mandata in ritiro anche lei. Voleva farsi una scorta di frasi sue, così, per poter continuare ad ascoltarla.

"Spegni quel coso, scema," disse Claudia.

Elisabetta sorrise.

"Tranquilla, non dirò niente che possa essere usato contro di me. Ma non dirò neppure niente di memorabile. Anzi, non dirò proprio niente. Devo incominciare ad andare a scuola di silenzio. Lesson number one: tutto ciò che non può mutare radicalmente la situazione generatrice di disagio o dolore, non va verbalizzato."

"A noi piace quando tu verbalizzi, capo," disse Maddalena, soavemente.

"Invece dovreste aiutarmi a star zitta. La partenza di Umberto è un punto di non ritorno," disse, con la voce che usava per dettare le conclusioni, per chiudere le riunioni, per bocciare quello che andava bocciato.

"Sei così innamorata?" chiese Claudia.

Si sentiva come una collezionista che parla a un'altra collezionista, sfogliando un catalogo d'antiquariato sentimentale.

Elisabetta se ne accorse e disse: "Non è questo il problema."
Si sentiva, di nuovo, intensamente sola.

Del resto: erano loro la generazione di passaggio. Lei, Umberto. Le ragazze no, le ragazze, come Matteo, come Federica, appartenevano al nuovo ordine. Il tempo del ritorno alla natura, una natura artificiale, costruita in laboratorio, imposta per legge, un ritorno alla natura coatto, ma pur sempre un ritorno alla natura.

Che i vecchi vadano a morire ai margini del villaggio, che le giovani donne producano figli, che i giovani adulti comandino.

Il tempo della dittatura della demografia.

Pensò che non ce l'avrebbe fatta a fingere per altri quattro anni. Non da sola.

Si alzò, girò la chiave nella toppa, riaprì la porta, chiamò la segretaria, congedò le ragazze, convocò la prima riunione della giornata.

Ne sarebbero seguite altre.

Sotto la sua direzione veniva occupato attivamente il tempo libero di milioni di persone.

Tutto dipendeva da lei. Pubbliche visioni, parchi giochi per adulti, parchi a tema, agnizioni, trasgressioni, duelli verbali, danze tribali, preliminari sentimentali, illuminazioni spettacolari, realtà parallele, installazioni cerebrali, conflitti virtuali, simulazioni religiose eccetera eccetera eccetera.

Aveva incominciato aprendo un minuscolo teatro dove si mettevano in scena i romanzi del passato. Pochi oggetti, luci puntate sui lettori/attori. Si era ancora nell'ordine, o nel disordine, di prima. Gli anni del disordine di prima. Gli anni finali dell'inseguimento di una funzione sacra. Del teatro. Della parola. Dell'arte.

Nonostante un crescente silenzio.

Non pensava che li avrebbe mai rimpianti.

Quando si insediò il nuovo corso, era ancora abbastanza lontana dal ritiro, ma si era già lasciata alle spalle quello che sarebbe diventato il PMVP, periodo di massima valorizzazione personale. Dai venticinque ai quarantacinque.

Non era più giovane, tuttavia era rimasta in rete, nessuno l'aveva disconnessa. La sua era un'attività di poco successo e molto rumore. Marginale al potere e proprio per ciò potente. Si opponeva con grazia e con metodo e la sua pagina Facebook era molto frequentata.

Fra i critici dell'esistente era una specie di predicatrice estrema.

Il suo blog era diventato una pagina di culto.

Perciò non era stata soppressa, ma cooptata.

L'avevano portata su. Nonostante discrepanze sempre più evidenti. Nonostante la sua personalità eccedente.

Era stata promossa e promossa e promossa.

Eppure, restava una sorvegliata speciale.

Doveva stare attenta, doveva incanalare la forza propulsiva della sua attitudine all'esercizio del dissenso dentro limiti che non scardinassero le nuove acquisizioni, le mode, le priorità, le necessità.

Doveva tornare utile al nuovo sistema, senza perdere se stessa.

Perciò liquidò le ragazze e convocò i responsabili di settore.

"Vuoi che veniamo a cena da te?" chiese Francesca, allargando, spaventata dal suo ardire, quegli occhi neri da cerbiatta.

"No, meglio di no. Andrò a letto presto."

Alle dieci di sera una pioggia sottile e calda, come se in cielo si fosse guastato un tubo di scarico, impregnava il prato attorno alla villa.

Elisabetta, un berrettino di plastica gialla calcato sui capelli, prese a correre in tondo.

Non aveva voglia di mangiare né di leggere né di dormire.

La cerimonia del ritorno dal lavoro, senza Umberto, non conteneva altro che uno spegnersi inevitabile del giorno. Una funzione della morte quotidiana, quella da cui ci si sveglia il mattino dopo.

Non aveva altra scelta che correre.

Giocarsi il corpo contro la mente. Alleggerire.

Il parco era abbastanza grande per consentirle quella piccola impresa di diversione. E poco importa se le scarpe affondano nella fanghiglia fresca.

Ti lasci avvolgere dal buio e dall'umido.

Sudi, le ginocchia scoperte, le spalle bagnate e finalmente ti ammali.

Aveva appena sorpassato il roseto quando sentì la voce di Matteo.

"Sei scema matta a correre con questo tempo?"

"Cerco di morire prima del congedo... così non devi scrivere a Federica il discorso per me."

Si fermò, ansimava leggermente, ed era comunque un brutto segno. Non le capitava mai. Con sollievo, vide che Matteo era solo.

"Non rispondevi al telefono. E neanche Nadine."

"Nadine si sta cercando un altro lavoro, saggiamente. Gli ultimi anni, girano a bassa intensità... le colf."

"Se si comporta bene può restare con noi."

Elisabetta, che si stava stirando i quadricipiti appoggiata a una delle colonne del portico, mascherò con un sorriso una reazione di dolore. Tante piccole coltellate, inferte da assassini distratti.

"... E comunque ci sono ancora quasi quattro anni, ha intenzione di battere la fiacca per quattro anni?"

Elisabetta si tolse le scarpe infangate e s'incamminò verso il salone.

Il camino era acceso benché la temperatura non fosse ancora scesa sotto i 15 gradi.

Una messa in scena profumata di legna. Un desiderio d'inverno.

Elisabetta si sdraiò sul divano, lasciando, sul raso color panna, l'ombra scura del suo corpo fradicio.

Matteo la guardò. Con la tuta nera aderente, i capelli arricciati dall'umidità, i magri piedi nudi e le caviglie sottili sembrava una ragazza molto stanca. Non certo una donna vicina al ritiro.

"Non stare lì in piedi, sei troppo lungo, mi fai disordine."

Matteo sedette in poltrona.

Non riusciva a smettere di valutarla, come un intenditore davanti a un quadro da restaurare.

Elisabetta sapeva perfettamente che cosa stava pensando.

C'erano molte donne della sua taglia che rischiavano la galera rivolgendosi a qualche ex chirurgo plastico renitente alle nuove regole. Erano operazioni clandestine, molto costose. E poi dovevi cambiare identità, ordinare documenti falsi. Le pene per chi alimentava il mercato della contraffazione anagrafica erano molto severe. Lo stato scoraggiava con misure drastiche i ribelli al ritiro e chi ci lucrava sopra. Difficile farla franca. E, se pure ci riuscivi, poi ti toccava lasciare la tua casa, nasconderti... E tutto per che cosa?

"Smettila di guardarmi in quel modo," disse Elisabetta, "tanto non lo farò mai. Non ci tengo a rimanere da questa parte del muro. Tutto sommato... e adesso dimmi a che devo l'onore della tua visita."

Matteo prese un cioccolatino dal vassoio d'argento.

Non mancano mai, pensò. Cioccolatini, mazzi di gigli e rose, libri uno sull'altro, sul tavolino. Libri a tappezzare le pareti. Il trionfo del cartaceo. Non se ne stampavano più, ma sua madre e suo padre non ne avevano concesso al macero neppure uno.

"Saresti una quarantenne assolutamente verosimile," disse masticando.

"Lusingata, ma non mi interessa."

Matteo le tirò addosso la carta del cioccolatino, una pallottola dorata che la colpì sul viso.

"Tu non sei arrabbiata con me, vero?"

"No, perché dovrei?"

"Appunto, perché dovresti?"

Matteo prese dal cesto della legna un pugno di foglie secche, le buttò sul fuoco, le ascoltò crepitare.

Dando la schiena a sua madre disse:

"E allora perché non rispondi ai miei messaggi, non telefoni, se chiamo in ufficio sei sempre in riunione... perché, se non ce l'hai con me? Non so se hai realizzato ma è da un mese che non ci vediamo."

"Be', adesso ci stiamo vedendo. Hai già mangiato? C'è della torta di castagne in frigo. Montblanc. Da quando Umberto è stato rottamato..."

"Mamma, ti prego. Lo sai che non si può più usare quel termine."

"Da quanto Umberto è stato avviato con delicatezza e premura al confino in compagnia dei suoi coetanei, ho incominciato a mangiare tutte le cose che piacevano a lui, panna e marron glacé, penne all'arrabbiata, peperoni arrosto, lardo di Colonnata..."

"Ingrasserai."

"Sì, non mi dispiacerebbe. La persistenza di un aspetto giovanile, così come la buona salute non mi sono di nessun aiuto, sul piano pratico, quindi ne posso fare a meno."

Matteo sedette sul divano, prese i piedi di sua madre sulle ginocchia e, con lentezza, incominciò a massaggiarle una caviglia.

La sua intuizione peggiore, quella che l'aveva spinto a chiedere a Federica di lasciarlo andare a casa di sua madre da solo, era confermata.

"Perché non te la fai prendere bene?" disse, a bassa voce, guardando il fuoco nel camino.

Elisabetta registrò un moto di empatia verso quell'uomo alto e già leggermente stempiato che le chiedeva l'impossibile. Per un attimo pensò che avrebbe dovuto fingere di essere serena. Per lui. Per sollevarlo dal peso della sua unicità, non erano molti i figli che avevano, con la generazione dei ritirandi, un rapporto così amichevole. Le relazioni, fuori dal territorio della dipendenza infantile, si assottigliavano, si svuotavano progressivamente, in modo precauzionale, così quando si arrivava al dunque, il senso del proprio vantaggio sostituiva o sublimava ogni altro sentimento. Per Matteo non era così. E la colpa non era certo sua. Lui era figlio del suo tempo. Erano stati loro, lei e Umberto, a interpretare il ruolo di genitori in modo irrituale. A condividere, a contestare i copioni previsti dalla relazione fra adulti e adolescenti, ad ascoltare, a giocare e a mettersi in gioco, e adesso era troppo tardi.

Elisabetta si alzò sottraendosi a quel massaggio indecente. Lo sapeva Matteo che Umberto le massaggiava le caviglie e la pianta del piede passando per tutti i punti salienti esattamente nello stesso modo? Se lo sapeva era un male, se non lo sapeva e lo faceva per istinto era anche peggio. Andò in cucina, notò che Nadine non aveva pulito il lavandino né tolto dalla fruttiera due mandarini ammuffiti. Prese la montagnola di marroni e panna dal frigo e la portò con due cucchiai davanti al camino.

"Dai, assaggiane un po' anche tu, è come il calumet della pace. Ci ingozziamo di calorie e tu mi spieghi come dovrei fare esattamente a farmela prendere bene. C'è un metodo? Dimmi. Sono ansiosa di ascoltare. Se non mi tiri fuori di nuovo le terapie o i gruppi di preparazione al trapasso, che di quello abbiamo già parlato e sai come la penso."

Matteo la interruppe. Inutile rimandare.

"Federica è incinta," disse.

6.

Umberto bussò alla porta della stanza 176 con discrezione, sperando di non essere sentito. Aveva esitato fino all'ultimo. Non voleva rinunciare al rigoroso riserbo che lo difendeva da quella massificazione da internati.

Bussò ancora, senza aggiungere neppure quel minimo di forza che avrebbe giustificato la ripetizione del gesto.

La porta si aprì lo stesso. E generosamente.

Nella stanza, identica alla sua, c'erano cinque uomini. Tre seduti sui bordi esterni del letto singolo, due sulle sedie. Quello che ospitava la riunione era in piedi e accolse Umberto con un sorriso venato di stupore.

Umberto non aveva partecipato né al torneo di calciobalilla né a quello di bridge. Non giocava a ping pong né a tennis. Non frequentava la palestra né si era mai unito alle nudità degli altri nelle vasche di acqua fumigante.

Parlava poco, e limitatamente ai pasti. Parlava se interrogato, se no, si rifugiava in un autismo adolescente, si era attrezzato a escludere il rumore di fondo della vita versando musica direttamente nei padiglioni auricolari.

Quando il titolare della stanza 176 gli aveva passato, stringendogli la mano, l'invito a quell'incontro, scritto in stampatello su un bigliettino ripiegato in otto, aveva accettato forse proprio per quella modalità da scolaretto.

E adesso era qui, e di nuovo gli stringeva la mano.

L'uomo, Guidobaldo Tanzi, conte avvocato e produttore di vini, sfoggiava un'abbronzatura puntigliosa, a testimoniare la sua attiva partecipazione a tutti i consigliatissimi sport all'aria aperta, anche prima del tempo del ritiro. Il suo aspetto ostentatamente giovanile era contraddetto da una gran massa di capelli bianchi lunghi fino a sfiorare le spalle della giacca grigia dal taglio perfetto.

"Sono contento che tu sia venuto, Umberto. Conosci Luciano, Michele, Giorgio ed Enzo?"

Umberto annuì a ogni cenno.

Sì, certo. Li conosceva. E come poteva non conoscerli?

Li vedeva tutti i giorni. Di più, li osservava. Per assenza di attività alternative, a parte un'ostinata applicazione a leggere, uno a uno, i molti volumi allineati nell'ampia biblioteca (una minima percentuale di tutto il cartaceo ritirato da quello a cui Umberto, ormai, pensava in termini di Mondo Reale).

Anche adesso, nel varcare per la prima volta la soglia di una stanza che non era la sua, aveva un libro in mano.

"Che cos'è?" chiese Guidobaldo. Umberto mostrò la copertina.

Era *La montagna incantata* di Thomas Mann. Una scelta non casuale.

"E com'è? Buono?" chiese Guidobaldo, che apparteneva, orgogliosamente, alla categoria non-lettori.

"Sì, direi di sì," rispose Umberto, senza aggiungere che l'aveva letto a vent'anni e che si trattava di un accurato ripescaggio.

"Non ce lo aspettavamo, questo onore, vero ragazzi?" disse Luciano.

Umberto decise di non completare la frase: non ci aspettavamo di vederti partecipare ai nostri innocui passatempi. Non tu, che, qui dentro, porti il peso dello scarto più elevato fra ciò che eri e ciò che sei. Quella piccola porzione di invidia sociale scaduta, come un alimento dimenticato nel frigo ben oltre i limiti previsti, emanava un leggero persistente odore di rancido, eppure avrebbe dovuto gratificarlo.

Come un ricordo dell'antico prestigio.

Luciano era, lui pure, un professionista, del resto tutti loro lo erano, altrimenti sarebbero stati ospitati altrove, ma era un professionista anonimo.

Non era mai stato benedetto da quel grande evidenziatore di personalità che è il successo.

"E invece eccomi qua," disse Umberto, guardandosi attorno in cerca di un posto a sedere.

Guidobaldo si scusò: "Siamo piuttosto allo stretto, ma, ora che tu sei arrivato, possiamo andare."

"Questo era soltanto il posto dell'appuntamento," disse Luciano, con una strizzatina d'occhi confidenziale rivolta proprio a Umberto, con evidente soddisfazione.

Si mossero tutti, come se fosse suonato un richiamo, un gong, come se un direttore occulto avesse, con un cenno, obbligato ciascuno di loro a muoversi con tutti gli altri.

Avanti a tutti c'era Enzo, che alcuni, ancora, chiamavano onorevole, con una sfumatura molto leggera dell'antico disprezzo, quello che aveva travolto la categoria, prima che si insediasse il Partito Unico, con i suoi "cittadini" (scamiciati, alla mano, tutti rigorosamente d'età compresa fra i 25 e i 45 anni).

Siamo un gruppo, pensò Umberto con un moto di ribrezzo. Un gruppo composto da uomini nati lo stesso giorno o a pochi giorni di distanza l'uno dall'altro.

Tutti alle prese con la fine della vita.

Attraversarono il prato di fitta erba verde rasata con cura, poi presero a destra per una strada sterrata, coperta di ghiaia bianca. C'era un sole pallido, alonato di grigio. Nessuno parlava. Nemmeno quel piccolo conversare inessenziale che s'instaura al tavolo da gioco. Tutti sembravano mettere un'energia sospetta nel camminare.

Andavano di buon passo, ma non così veloci da giustificare il silenzio.

Né l'espressione da congiurati con cui tacevano senza guardarsi attorno. Le passeggiate non erano certo una attività clandestina.

I medici le incoraggiavano, lo psicologo le prescriveva.

Passeggiare, dormire, giocare.

Ma tutto, naturalmente, doveva avvenire entro i confini della proprietà.

Umberto pensò che forse volevano varcarli, quei confini.

Sul bigliettino c'era scritto: "Vieni nella mia stanza. È importante."

Affiancò Enzo e chiese: "Dove stiamo andando?"

Enzo gli dedicò uno sguardo divertito.

"Non gliel'hanno detto?"

Era l'unico che gli si rivolgeva con il lei, come se, lui pure, con quel tono cerimonioso, intendesse opporre una qualche resistenza a quell'atmosfera da gita scolastica.

"No, vieni nella mia stanza è importante. È tutto quello che mi è stato detto, che so."

"Andiamo a trovare i nostri fratelli meno fortunati," disse l'onorevole. C'era una traccia, lieve ma udibile, di scherno nella sua voce: "Non penserà che siamo tutti uguali, tutti alloggiati alle terme per l'eterna vacanza. C'è di peggio in Danimarca!"

Aveva alzato il tono rivelando un leggero falsetto e poi, non sapendo se il gioco con il marcio e con la Danimarca fosse stato capito, s'era messo a ridere.

Guidobaldo allungò il passo fino a raggiungerli, erano di gran lunga i più veloci, e disse: "Mi sono permesso di coinvolgerti perché ho ascoltato, non volendo, una tua conversazione con la nostra Leonora... e allora ho pensato che anche tu, forse, trovavi scocciante sottostare a tutte queste regole del cavolo. Mi sono sbagliato?"

La strada sterrata s'era fatta di fango, come se avessero esaurito il brecciolino bianco, era più larga e irregolare, con piccole pozze di acqua stagnante nel solco lasciato dai pneumatici.

"Mi sono sbagliato?" ripeté Guidobaldo, poiché Umberto non parlava, anzi, si era fermato e guardava verso l'orizzonte.

"Scocciante?" disse Umberto, per prendere tempo.

"Irritante, inutile. Tu chiedevi a Leonora perché non potevi collegarti, e lei diceva certo che può collegarsi signor Delgado e tu dicevi non me ne importa niente della rete interna, non ho nessun interesse a corrispondere con queste persone, voglio parlare con mia moglie... Eravate nella sala d'attesa dello psicologo o psichiatra, quel che è, insomma del direttore sanitario... e io ero dentro, hai alzato la voce, il dottor Bruno ti ha sentito. Ne abbiamo anche parlato. Cioè: sei entrato nella mia seduta, praticamente, perché anch'io, a quel punto, ho detto quello che pensavo. E ho anche rincarato la dose. Ci avete consegnato un cellulare con cui possiamo telefonarci l'un l'altro, chiamare medici, inservienti, infermieri, camerieri, barbieri, ma nessuno che conosciamo da prima. Con i nostri computer possiamo rimbalzare fra noi, palleggiarci quattro sciocchezze, giocare, e basta."

"E il dottor Bruno che ti ha detto?" chiese Umberto.

"La stessa cosa che ha detto a te Leonora: questa è la regola."

Si erano fermati anche gli altri.

Enzo disse: "Viviamo una radicale restrizione della nostra libertà personale. È inaccettabile."

Il suo viso, dai lineamenti regolari e perfino delicati, parve chiudersi come un pugno, nel tentativo di sopprimere o almeno incanalare un moto di rabbia disperata.

I due uomini che non avevano ancora parlato, Michele e Giorgio, furono i primi a riprendere il cammino.

Qualcosa nel modo in cui avanzavano l'uno accanto all'altro, sfiorandosi con i gomiti e scambiandosi occhiate in codice, confermò Umberto nella sensazione, già registrata nella sala da pranzo, che godessero di quella che, al momento, gli pareva una bella fortuna.

Gli mancava il corpo di Elisabetta.

Il suo. Non quello di qualsiasi donna. Ma l'assenza di rappresentanti del genere femminile rendeva lo stato di deprivazione più gravoso.

Un'ondata di consapevole malinconia lo investì. Era dunque questa la condanna. L'assenza di desiderio. La paralisi dell'ambizione. Pensò agli anni che gli restavano da vivere come a una strada in discesa, la sola che si può percorrere a motore spento.

Faticosamente, s'impose un sorriso cordiale e disse: "Cari signori, vi lascio alla vostra impresa. Sono un po' stanco."

Enzo gli afferrò un braccio. Aveva la testa sproporzionata rispetto al corpo, che era minuto e di bassa statura, due baffetti sottili sopra una bocca pallida ed elegante gli davano un aspetto da spadaccino d'altri tempi. Un leggero spasmo disordinò la simmetria di quel viso perfettamente curato.

"Non se ne vada, Delgado. Ora le dico dove stiamo andando, vedrà che la stanchezza le passa. È qualcosa che le interessa."

Umberto lo guardò. Gli parve di rispecchiarsi in una desolazione simile alla sua, ma più reattiva.

Si sentì pungere da un senso di irragionevole antipatia.

"Non c'è più niente che mi interessi, onorevole."

"Neanche connettersi con sua moglie? Lei non è il marito di Elisabetta De Mauro?"

Aveva pronunciato il nome e il cognome di Elisabetta con una caricatura di reverenza.

Umberto disse:

"Conosce mia moglie," come soppesando la rivelazione.

"Ho avuto il piacere," disse Enzo, acre e cerimonioso.

Luciano, che li aveva guardati fronteggiarsi come due galli da combattimento, si intromise: "Stiamo andando alle caserme. Lì c'è una specie di genio informatico. Nella vita di prima aveva una panetteria quindi non è con noi. Naturale. Non è neanche laureato. Non che fosse povero ma evadeva il fisco, quindi... Io l'ho stanato. L'ho visto all'appello e l'ho riconosciuto. Mio figlio me l'ha presentato. Qualche anno fa. E io..."

Avrebbe continuato per ore. Era il suo momento. Il deus ex machina. Era lui. Aveva in pugno l'attenzione del presidente Delgado, dell'onorevole Torretta. Lui.

Invitò tutti, con una risatina nervosa, a rimettersi in marcia. Fra le terme e le caserme c'era una distanza che nessuno di loro conosceva. La direzione era giusta. Ma ce l'avrebbero fatta ad arrivare? Ora camminavano ancora più velocemente. La luce stava diminuendo, il pomeriggio sfumava nella sera. E sapevano bene che la cena era un appuntamento obbligatorio.

Le assenze andavano giustificate.

Oltre al fatto che non c'era altra possibilità di nutrirsi. Non c'erano negozi. Il ristorante dell'albergo termale era l'unico. E comunque nessuno di loro aveva soldi veri. Ogni settimana ricevevano un centinaio di gettoni, erano le fiches di interminabili partite di carte. Passavano di mano in mano, da chi vinceva a chi perdeva, ma, come le rete telefonica mobile e la rete, avevano circolazione interna. Potevi usarle per pagare il barbiere o il pedicure, per acquistare un massaggio o un bicchierino di brandy la sera, dopo le nove, ma prima della mezzanotte.

Non ti davano accesso ad alcuna forma di libertà personale. Nemmeno cambiare orario o tipo di cucina.

"È tardi," disse Giorgio, "non ce la faremo mai."

Michele, poiché la frase era caduta nel silenzio, disse: "Giorgio ha ragione, dovevamo partire prima."

Tutti guardarono Umberto, perché era per aspettare lui che s'era ritardata la gita. Ma nessuno smise di camminare. La campagna, ondulata e uniforme, si stava spegnendo, il verde virava verso il grigio.

"Tornate, se avete paura che vi mettano in castigo," disse Enzo, "io vado avanti."

Giorgio e Michele si scambiarono uno sguardo costernato, protestarono timidamente, quindi presero la testa del gruppo.

Altro che tornare indietro, quasi trottavano, per dissipare il sospetto di codardia che Enzo aveva evocato.

È facile umiliarci l'un l'altro, pensò Umberto. Facile e controproducente.

Pensò che Enzo Torretta era un uomo odioso e decise di mettersi al servizio della coppia, uno dei due era architetto e l'altro era un dirigente del ministero delle finanze. Ma non erano un architetto famoso e un famoso dirigente del ministero delle finanze.

Avevano certo sganciato abbastanza quattrini durante la loro vita lavorativa, con un'impennata negli ultimi anni, da conquistarsi il diritto all'albergo termale, ma il loro ruolo, nella vita precedente il ritiro, non era stato abbastanza rilevante da consentire, al presente, i vantaggi dati dal prestigio.

Umberto mise a loro disposizione il suo.

"Sapete esattamente quanto manca alle caserme? Abbiamo un appuntamento con questo genio panettiere? Non mi pare che possiamo permetterci nessuna forma d'improvvisazione," disse.

Rincuorato, Giorgio azzardò, leggero: "E neanche di andare a letto senza cena."

Michele fu l'unico a ridere.

Enzo dedicò alla frase un lungo sguardo severo, poi disse: "Io proseguo, me ne frego della cena."

Nel silenzio che seguì la dichiarazione, proferita con la sicurezza del leader, sentirono crescere l'inconfondibile ronzio di un motore.

Era uno dei pulmini azzurri che li avevano portati dalla stazione all'albergo.

"Eccolo là... Sono venuti a prenderci," disse Guidobaldo.

Fra i denti, a bassa voce, come se l'avesse sempre saputo.

"Continuiamo a camminare," ordinò Enzo, esagerando la tonicità del passo e drizzando le spalle, quasi che, a seguirli, non fosse il pulmino ma una telecamera.

L'autista suonò il clacson.

Il gruppo, compattamente, si spostò al di là della strada, affondando leggermente nel prato già intriso di brina.

Il clacson suonò ancora. Poi l'autista tirò giù il finestrino e disse:

"Serve un passaggio, signori?"

"No, grazie," disse Enzo, "vada pure," in falsetto, come quando era nervoso, ma comunque con un tono padronale.

Il pulmino accelerò, sorpassandoli. Poi si fermò.

L'autista scese e si parò davanti al gruppo, le braccia aperte e tese.

Il corpo massiccio, le spalle larghe. Trent'anni scarsi e novanta chili di muscoli guizzanti.

Un buttafuori da discoteca che ferma il *Quarto stato*. Un'evoluzione del quadro di Pellizza da Volpedo, pensò Umberto.

Fu il primo a staccarsi dal gruppo e a salire sul pulmino.

L'ultimo fu Enzo, l'unico che l'autista dovette prendere per un braccio e spingere, piuttosto sgarbatamente, a bordo.

7.

"Possiamo andarci, a vivere da mia madre, ma possiamo benissimo non andarci," disse Matteo.

Federica, snella e flessuosa come una giunchiglia, da qualche giorno camminava sbilanciata all'indietro, si teneva una mano sul rene sinistro e indossava comodi vestitini color pastello che avrebbero potuto contenere un'avanzata gravidanza gemellare.

Guardò suo marito con orrore, come se gli fossero uscite dalla bocca non parole ma piccoli animali disgustosi.

Nel giro di pochi secondi piangerà, pensò Matteo. Per scongiurare l'ipotesi, sedette in poltrona e se la prese sulle ginocchia.

Un abbraccio di contenzione paterna.

Gravida da trentasei giorni, la ragazza stava attraversando con entusiasmo una fase di regressione alla prima infanzia che si concretizzava in bronci, lacrime, capricci e improvvise querule allegrie, nel corso delle quali chiamava Matteo "papuccio" e se stessa "mammina".

Il Partito Unico che aveva preso il potere in nome e per conto della loro generazione incoraggiava ogni forma di enfasi prenatale.

Le donne impegnate nel far nascere nuovi cittadini erano mostrate alle altre come modelli positivi. Utili alla polis e appagate negli affetti, testimonial di un miracolo antico ed eterno.

Federica era un esemplare quasi perfetto.

Non soltanto per la sua indubitabile bellezza e giovinezza, ma anche perché, più di molte sue simili, sapeva essere autenticamente allegra.

Uno stato d'animo incoraggiato e quindi perseguito, che restava difficilissimo da imitare se non avevi quel talento.

"D'accordo. Tu ci vuoi andare veramente veramente e subito subito," disse Matteo, baciandole il ventre piatto e muscoloso.

"Papuccio è un mostro."

"Papuccio sta bene a casa sua, con mammina."

Matteo si detestò per quella compiacenza. Ma era disposto a tutto pur di evitare eccessi emotivi, troppa delusione, troppa felicità. Per parte sua non era certo di volersi duplicare in una creatura che gli fosse, prima, obbligatoriamente simbiotica, poi sempre più autonoma e indipendente, fino ad arrivare, nel corso degli anni, a liquidarlo con un bel discorso come lui aveva fatto con suo padre.

Eppure gli toccava manifestare una costante e costruttiva felicità perché la sua giovane giumenta stava riproducendo la specie.

"Papuccio non vuole disturbare quell'egoista asociale di sua madre."

"Andiamo, Federica, mettiti nei suoi panni. Nel giro di un paio di mesi perdi il tuo compagno e la tua casa."

"Non la perde affatto la sua casa. Nessuno la caccia via. Deve semplicemente cederci la master bedroom, come prevede la legge. Lei, che ormai è sola, va nella tua vecchia camera da letto, che tra l'altro è abbastanza grande e ha anche il bagno. Conosco gente che accoglie la mamma del proprio nipotino con tutta la gioia del mondo in trenta metri quadri. È che lei è viziata. Sola in una villa di due piani, con un giardino che pare fatto apposta perché ci giochino i bambini nelle giornate di sole. So bene che starà lì fino all'ultimo schifoso minuto, reggerò con pazienza. Quattro anni passano in fretta..."

"Appunto, potremmo restarcene qui, l'hai detto tu, quattro anni passano in fretta, è una questione di intimità."

Addolcire la voce, mordicchiarle il collo, piccoli baci giocosi.

Matteo sentì se stesso impartirsi istruzioni.

Baciala, spaccia tenerezza. Sii felice.

"Per l'intimità non ti preoccupare," disse Federica, che non vedeva l'ora di tornare allegra, "tua madre ha tanti difetti ma è una che si fa i cazzi suoi."

"E Nadine?"

"Sarà una tata meravigliosa."

Matteo notò che la voce di Federica non si era ammorbidita, come se non la stesse baciando da un tempo infinito.

Si stava impegnando a non sorridergli.

In un altro momento le avrebbe proposto di uscire. Le piaceva andare all'aperodromo, dove si correva su pista fino allo sfinimento, si gareggiava, si vincevano aperitivi di colori vivaci. Si faceva la doccia con decine di sconosciuti dai corpi scolpiti. Certe volte si faceva sesso di gruppo. Mescolando umori.

Certe volte si passava nel locale a fianco, e si cenava seduti in terra, tutti insieme, in trenta, in ottanta, accoccolati su enormi cuscini rossi, dopo aver digitato, su una perfetta imitazione di jukebox anni sessanta, una pietanza scelta fra le cucine di tutto il mondo.

A Federica piacevano i blinis bielorussi, prendeva sempre quelli. Così non si era mai accorta che tutte le specialità mondiali avevano, più o meno, lo stesso sapore, dal texmex alle formiche fritte.

In un altro momento le avrebbe proposto di uscire e di fare tardi. Di farsi vedere. Di farsi guardare, di farsi scegliere.

Ma adesso no. Erano entrati nella fase procreativa.

Una disciplinata e commossa interruzione della giovinezza gaudente.

Continuò a baciarla finché non sentì che con una manina gli controllava l'eccitazione, picchiettandolo all'altezza della patta, dove l'elemento rivelatore del desiderio maschile giaceva in stato d'inerzia.

"Non mi ami neanche un po'," disse Federica, un attimo prima di scoppiare in lacrime.

Traslocarono due giorni dopo.

Lasciarono il loro appartamento a una giovane coppia con i genitori ancora ben lontani dal ritiro. Federica volle godersi, fino all'ultima cassa da chiudere, l'invidia di una ventiduenne con un padre sui quarantacinque, che aveva rischiato la galera mettendosi con una compagna di scuola di sua figlia.

Elisabetta non si fece trovare in casa, anche se erano le nove di un mattino domenicale azzurro e ventoso.

Nadine, sorridente come non la si vedeva da tempo, aiutò Matteo con le valigie, i pacchi, le casse, mentre Federica, consapevole di quello che chiamava con soddisfazione "il mio stato", misurava a grandi passi il giardino.

Avrebbe sistemato lì due altalene, là una giostrina, qua un cerchio di muratura pieno di sabbia e, magari, perché no, ai primi soldi seri dopo la promozione di Matteo, anche una piscina. Lo spazio c'era. Sprecarlo con le rose era demenziale.

Ai bambini non frega niente delle rose.

Ed Elisabetta avrebbe fatto bene ad adeguarsi alla centralità dei bambini.

I bambini erano i nuovi eroi. Gli eroi del nuovo. La moltiplicazione esponenziale delle nascite era, fra i risultati del nuovo governo del paese, quello più citato.

La società ringiovaniva a vista d'occhio.

E le città si adeguavano, riconvertivano gli spazi. Per la prima volta il reparto maternità degli ospedali era di gran lunga più vasto e più gremito di quello delle lunghe degenze.

Anche se le venticinquenni più coerenti con la nuova impostazione partorivano rigorosamente in casa.

Il ritiro degli anziani dalle città aveva alleggerito l'atmosfera e ridotto il debito sanitario. Meno crape grigie, curve cifotiche, occhiali spessi, pance flaccide e seni cadenti. Come per un rinnovo degli arredi urbani c'era più bellezza umana in giro e passeggiare era un piacere per gli occhi.

I vecchi di prima, quella parte della popolazione che si situava fra i settanta e i novant'anni, o addirittura oltre, dato che la longevità era stata, nel disordine di prima, incoraggiata senza alcuna prudenza, erano stati allontanati in massa.

Si era parlato di deportazione, ma sottovoce e soltanto da parte degli over cinquantacinque che, comunque, non facevano opinione.

Non più.

Nessuno sembrava rimpiangerli. I molto vecchi.

Almeno non pubblicamente.

La vita incomincia, la vita continua, la vita finisce.

Che cosa c'è di più naturale della crescente debolezza, della progressiva disaffezione alle cose materiali, o intellettuali, che colpisce chi ha vissuto sette, o addirittura otto decadi?

I vecchi vivono male nel mondo degli altri, come gli handicappati nel mondo dei normali. È soltanto fonte di frustrazione e paura condividere gli spazi della giovinezza o della piena maturità per chi non è più in grado di camminare veloce o di trovare gusto nel sesso, nel cibo, nello spettacolo, nella competizione.

Ambizione e seduzione, i due grandi motori della vitalità, a un certo punto del viaggio esistenziale vanno spenti.

Piaccia o no.

Il Partito Unico, in nome degli interessi dell'età forte, cura il ritiro progressivo delle generazioni scadute.

I giovani anziani vengono accompagnati a vivere fra loro e incoraggiati a ricostruire una socialità a circuito chiuso, ma non priva di godimenti e soddisfazioni.

I vecchi vengono accolti e accuditi, aiutati a gestire corpi sempre più nemici ed educati al distacco.

"Tutto questo è umanità," recitava uno slogan molto diffuso dai media.

E nessuno si era mai sognato di mettere in dubbio la certezza matematica che i vecchi, più dei giovani anziani mentalmente contaminati dagli anni del grande disordine, erano andati a stare bene.

Cioè: a stare dove dovevano stare. Perché in una società ordinata ciascuno ha il suo posto.

Si trattava di creare società parallele, assegnarle ai padri o ai nonni.

E lasciare la principale a loro.

Loro, consci dei loro diritti quanto dei loro obblighi, erano padroni del campo, erano i vincitori.

Federica, per esempio, da quando era riuscita a rimanere incinta, si sentiva, di nuovo, perfettamente a suo agio nella sua pelle. Prima no. Dai diciannove anni ai venticinque si era sentita invecchiare come ragazza e ne aveva sofferto, in silenzio, perché Matteo non avrebbe capito. Sentiva la riduzione del suo potere di conquista, si confrontava con le minorenni, vedeva bene che erano più pregiate. E non sapeva darsi pace.

La maternità l'aveva salvata, sistemandola di nuovo in testa alla classifica della sua categoria. Madre a venticinque anni, come voleva la legge, come tutte avrebbero dovuto, ma non tutte riuscivano a realizzare.

Entrò in casa, in preda a un'allegria bambina.

Le casse erano allineate nell'ingresso.

Le guardò.

"Matteo?" chiese.

Nadine stava scendendo dalla scala, smise di detergersi il sudore dalla fronte quando vide Federica. Con lei voleva mostrarsi forte e positiva, non recriminare, e non recitare la parte della vittima.

Si sarebbe lamentata semmai con Elisabetta, per aver dovuto portare fin lassù otto valigie.

"Il signor Matteo la aspetta in camera."

Federica corse verso il primo piano, dimentica del suo stato per la gioia. Adorava quella camera, con l'idromassaggio nella vasca da bagno e la vetrata sul giardino, l'aveva sognata per mesi.

Si fermò sulla soglia. Le sue otto valigie non c'erano, non sul tappeto bianco della master bedroom, e non c'era neanche Matteo. Se lo sentì arrivare alle spalle.

"Come hai potuto?" disse, senza voltarsi.

"C'è un letto matrimoniale, nella mia vecchia stanza, più grande di quello che avevamo a casa nostra. Andremo a vivere lì. E ci staremo benissimo."

8.

"Sono Elisabetta De Mauro. Ho un appuntamento con il ministro."

La segretaria la squadrò da capo a piedi, prendendosi tutto il tempo necessario per una perquisizione personale.

Elisabetta resse quello sguardo che la frugava e la valutava restando immobile, eretta, conscia della sua aggressiva eleganza.

La giacca di cachemire rosso lacca, le scarpe che la alzavano da terra di sette centimetri, lo slancio dei polpacci, la borsa di Vuitton, l'ultimo modello prima che le togliessero dalla circolazione. I quattro fili di perle rosate attorno al collo.

Sapeva che il costume prescelto la rendeva sospetta. Le donne, finché erano nel fulgore della giovinezza, indossavano pochissima stoffa, molte borchie e cerniere, corsetti e corpetti, calze a rete, spalline sottili.

Più avanti, negli anni che precedevano il ritiro, era incoraggiata la modestia. Calzoni e maglioni, gonne al ginocchio e camicette, completini da hostess, colori scuri.

Lo sapeva. Ma non aveva voluto, come di consueto, rinunciare alla sua quota di trasgressione.

Del resto: conosceva perfettamente quello che era diventato il ministro della comunicazione.

Era stato il miglior amico di Matteo, al liceo.

Era un ragazzone dalle mani grosse, sempre un po' sudato. Affannato e sorridente, già corpulento a diciotto anni e con una fioritura di brufoli sul mento.

L'aveva poi rivisto, anche recentemente, in quelle poche occasioni pubbliche alle quali non aveva potuto sottrarsi.

Aveva il viso molle e scavato di chi si sottopone a diete drastiche. Non era concesso, a quanti coprivano posizioni di rilievo nel Partito Unico, superare il peso forma, calcolabile in dieci chilogrammi meno dei centimetri sopra il metro.

Lei era perfetta, cinquanta chili per un metro e sessanta.

Certo, rispetto alle donne giovani o giovanissime, la sua statura era bassina, ma non aveva un filo di grasso.

Sorrise alla segretaria, sedette su una poltroncina arancio, accavallò le gambe lasciando salire la gonna sopra le ginocchia e attese.

Attese senza toccare uno solo dei vari schermi a disposizione dei visitatori per ingannare il tempo giocando.

Attese immobile, con enfasi paziente.

E, dopo cinquantacinque minuti, dalla porta imbottita dell'unica stanza affacciata sull'ampia anticamera, uscì una seconda signorina.

Era l'assistente del ministro.

Le venne incontro tendendo la mano, con un'espressione felicemente imbronciata.

Rassomigliava molto a Federica. Doveva avere venticinque anni anche lei. Ed era incinta.

Elisabetta strinse quella laccatissima propaggine di un lungo braccio nudo. Era inerte e umida.

Lo smalto era blu, come la divisa: microgonna elasticizzata e giacca aperta su una magnifica pancia sferica che, coperta soltanto da una canottiera, si muoveva visibilmente sotto l'urto di una creatura che aveva urgenza di uscire nel mondo.

"Complimenti," disse Elisabetta, meccanicamente.

La ragazza sorrise e aprì la porta.

Il ministro era al telefono, sprofondato in una poltrona in ecopelle giallo canarino. La accolse a gesti, ma affettuosamente.

Indicò prima un divanetto a due posti, poi una caraffa di tè freddo, quindi una guantiera piena di cracker dietetici.

Elisabetta si sforzò di non ascoltare la conversazione.

Il ministro, al contrario, sbuffava e alzava gli occhi al cielo cercando la sua complicità.

Quando abbassò la cornetta si lamentò subito: "Non ce n'è uno che capisca quello che deve capire, in questo ministero. Abbiamo un intasamento di cerimonie da qui ad aprile. Vuoi comunicarle o no? Se non comunichi allora è tutto inutile. Si mandano sui treni e via. Se spendi quello che spendi è per trasformare ogni dipartita in una festa. Dovrebbero studiare il culto dei morti nell'antichità. Chennesò, l'Egitto, la Mesopotamia..."

Elisabetta si sforzò, questa volta, di ascoltare.

Era un teatro ripetitivo ma inevitabile: il più potente parla, innanzitutto, per un tot di minuti dei fatti suoi, pensando che il questuante si sentirà gratificato per questa esibizione di familiarità. Poi si mette comodo sulla poltroncina e, guardando ostentatamente fuori dalla finestra, dice:

"Allora, cara, che problema c'è?" Oppure: "A che debbo l'onore?"

Il ministro scelse molto opportunamente la seconda formula.

Sapeva che Elisabetta copriva più che decorosamente un ruolo subalterno al suo ma piuttosto elevato.

Non l'aveva mai disturbato per qualche sciocchezza. Aveva accolto e messo in pratica senza discutere i nuovi indirizzi sul

Tempo libero. Stava musealizzando quello che doveva musealizzare e, per quanto ne sapeva lui, non si era opposta alle restrizioni delle libertà d'espressione in rete né alla tassa sull'età, con cui, dai cinquantacinque anni in avanti, i cittadini contribuivano alle spese per i loro ritiri.

Inoltre era una bella donna, non più sfolgorante come ai tempi in cui andava a studiare da Matteo, ma certamente di aspetto piacevole, e lui, anche se non era il caso di informarne l'opinione pubblica, apprezzava le grazie polverose e inutilizzate delle quasi anziane.

"La ringrazio di avermi ricevuta, ministro," disse Elisabetta.

Il ministro, nel sentirsi dare del lei dalla mamma del suo compagno di scuola, registrò un piacere particolare, quasi un inizio di eccitazione sessuale.

"È un piacere, signora," disse, sentendosi democratico e principesco.

"Ecco, è molto semplice. Come lei certamente saprà, ho compiuto cinquantasei anni. Da cinque settimane mio marito è stato... cioè: si è ritirato. Io stessa, fra quattro anni, lascerò il mio lavoro, le mie responsabilità... no, non mi sto lamentando. Sto semplicemente riassumendo la situazione. Mio figlio, che lei conosce bene, e la sua compagna, Federica Rampazzi, sono in attesa, in... dolce attesa. Li ho accolti a casa mia, come si conviene, ma li vedo, soprattutto mio figlio, in imbarazzo per la mia presenza. Una giovane coppia ha diritto a non vedersi girare attorno questi memento della mortalità che siamo diventati noi, adulti anziani. Sì, lo so, potrei stabilirmi a casa loro, ma hanno già destinato l'ambiente a un'altra giovane coppia. La verità è che, sotto qualsiasi luce io mi guardi, caro ministro, mi sento di troppo, superflua. A disagio. Come una formica che, in attesa di essere schiacciata, non abbia più voglia di portare la sua briciola."

Spaventata da quella specie di sinistro volo poetico, Elisabetta si fermò e mise insieme un sorriso triste e remissivo.

Il ministro aveva smesso di guardare fuori dalla finestra e la fissava con un principio di severità.

"In breve, per non farle perdere altro tempo: vorrei anticipare la mia dipartita. So che il caso non è previsto, ma ogni regola ha le sue eccezioni. Come mi ha detto il dottor Fausto Genna, che lei conosce bene."

"Genna, certo," disse il ministro.

Era un compagno di bisbocce e di battaglie, Fausto Genna. Un ottimo elemento, destinato a salire, anche se non vertiginosamente come era accaduto a lui, ma con metodo. Era un cittadino motivato e decifrabile. Uno su cui avrebbe sempre potuto contare. Leale, consapevole della sua inferiorità, ma ambizioso quanto basta per trasformare il dato in una positiva attitudine alla collaborazione produttiva.

"Ecco, il dottor Genna è, attualmente, il mio numero due, alla direzione del Tempo libero."

La frase restò, per un momento, fra loro, con tutti i sottotesti che vorticavano lenti, per posarsi, poi, silenziosamente, sulla scrivania.

"E il Genna, naturalmente, è d'accordo con il suo orientamento," disse il ministro.

Elisabetta sfoderò uno di quei sorrisi per cui, anni addietro, gli uomini provavano l'impulso di abbracciarla. Battagliero eppure arreso.

"Io credo che coprirebbe l'incarico vacante con la naturalezza dell'età forte. Certe scelte alle quali io devo obbligarmi gli sarebbero istintive. Ha trentadue anni. Ed è competente in tutti i settori che cadono sotto la nostra giurisdizione."

"Avete un buon rapporto," disse il ministro, compiaciuto, già vedeva la notizia diventare virale sui social, invadere la rete, imporsi come esempio di corretta relazione generazionale.

"Sì, abbiamo un buon rapporto, lui riconosce la mia adattabilità, io la sua forza."

"Lei è una donna intelligente."

Elisabetta decise di non strafare, commentando il complimento.

Se doveva, per potersene andare, pagare un tributo di pubblicità per il Partito, l'avrebbe fatto.

Tutto era meglio che quel morire a fuoco lento.

La presenza di Federica e Matteo le aveva precluso anche quell'ultimo doloroso piacere: il godimento della solitudine e del declino.

La nostalgia per Umberto rassomigliava così violentemente all'amore da incuterle una specie di vergogna.

E se, come si bisbigliava in giro, davvero i ricongiungimenti coniugali fossero stati una bufala, una falsa promessa, una chimera?

Decise di portare l'affondo finale.

"Mi aiuterà, ministro?"

"Ad attivare le procedure per il ritiro anticipato?"

Elisabetta annuì, con la gola stretta dall'ansia.

"Non è nei miei poteri."

Elisabetta si concesse un sorriso quasi normale, anche se non era certa di poterselo permettere.

"Lei può appoggiare la mia richiesta. Farla mettere in cima alla lista. Aggiungere un commento positivo."

Il ministro si alzò, costringendo Elisabetta a imitarlo.

Quando il capo mette fine a una riunione ripristinando la posizione eretta, nessuno può restare seduto per continuarla.

Lo faceva anche lei, nel suo ufficio.

"Ci ha pensato bene, dottoressa De Mauro? Ha ancora quattro anni di vita attiva. Eventualmente il dottor Genna può affiancarla, se si sente stanca, potete effettuare un passaggio delle consegne spalmato su quarantotto mesi invece che su dodici. È certamente un tempo ottimale, magari tutti avessero la sua delicatezza..."

"Ci ho pensato, ministro. Preferisco andarmene. Infatti..." Elisabetta si morse il labbro superiore, arrossì, forse più di quanto avrebbe voluto, anche se voleva, effettivamente, arrossire, e disse: "Vorrei chiedere, contestualmente, il ricongiungimento coniugale."

Il ministro, una mano sulla maniglia della porta imbottita, la guardò costernato: "In questa prima fase, cara signora, lo vedo veramente difficile."

Elisabetta appoggiò le spalle alla porta. Improvvisamente, il desiderio di prendere a pugni quel ragazzino obeso, invecchiato e dimagrito troppo in fretta, le parve davvero difficile da reprimere.

"Perché," disse, con una voce atona e senza punto interrogativo.

"Lei vuole bruciare le tappe, e umanamente la capisco. Ma le regole sono le regole. E adesso, se non le spiace, ho un altro appuntamento."

Elisabetta si ritrovò in strada, non sapeva come ci era arrivata. Era sudata, sentiva freddo.

Si fermò in un caffè, ordinò un whisky, la musica faceva vibrare i vetri. A tutti i tavoli erano seduti grappoli di ragazze vestite di plastica o di raso. Le gambe nude. Quasi tutte muovevano le spalle o i fianchi a ritmo. Drappelli di giovani maschi in giacca e camicia (rigorosamente senza cravatta) marciavano su quei bouquet di prede con un passo marziale e gioviale, come per una allegra parata.

Si fermavano al tavolo qualche minuto. Il tambureggiare dei bassi copriva accuratamente la voce umana.

Alcuni scrivevano sugli smartphone invece di parlare e le ragazze leggevano e buttavano indietro la testa e ridevano.

Se gli accordi sessuali erano positivi si formavano coppie che uscivano dal caffè tenendosi per mano.

Se no si cambiava tavolo.

Elisabetta lasciò una banconota sul piatto dei salatini e uscì.

Le girava la testa.

Si era dimenticata di chiarire che il whisky lo voleva semplice, non rafforzato dai consueti additivi chimici per accelerare la sbronza.

Avrebbero dovuto capirlo da soli, che non aveva più bisogno di ricorrere a questi palliativi, a queste scorciatoie per l'intimità. Ma forse, nel mezzo buio di quel caffè che imitava la notte alle cinque di pomeriggio, i suoi capelli mezzi biondi e mezzi bianchi potevano apparire come una macchia di luce giovanile e la sua corporatura esile poteva aver fatto il resto. L'avevano certamente presa per una creatura ancora quotata nel mercato degli scambi erotici.

Non le provocava la minima soddisfazione darla a bere sull'età, con la complicità della penombra.

Non provò la minima soddisfazione neppure quando, mentre stava per raggiungere la porta, una mano sconosciuta le pizzicò la natica sinistra, con un muggito di approvazione.

Voleva soltanto andarsene.

Ritirarsi.

Non riusciva a trovare la sua macchina. Continuò a compiere cerchi sempre più larghi attorno al palazzo del ministero, finché si ricordò che era andata all'appuntamento in taxi.

Ne fermò un altro e arrivò a casa.

Come le accadeva da quando Matteo e Federica si erano installati da lei, non andò in salotto né in cucina, salì di corsa le scale e si richiuse nella sua camera da letto.

Era infinitamente grata a Matteo di avergliela difesa.

La scelta era costata, a entrambi, una settimana di broncio e lacrime, silenzi aggressivi e canzoni cantate a squarciagola, in una incoercibile esibizione di potenza polmonare.

Federica si era ribellata con tutti i suoi mezzi. Girava per casa in tanga. Staccava i quadri: "Pollock mi dà l'ansia," e lo girava contro il muro.

Pollock, una delle poche follie commesse da Umberto, negli anni in cui il danaro correva veloce consentendo capricci e passioni.

L'aveva appeso in camera da letto, per sottrarlo a Federica e perché la camera da letto era diventata il suo rifugio.

Si chiese se avrebbe potuto portarselo via.

Non riusciva a immaginarsi lo spazio, il mobilio, la condizione materiale in cui Umberto stava vivendo.

Una stanza? Una casa?

Di notte le tornava in mente, come un'ossessione, una corsia d'ospedale.

Tanti letti in fila, dieci appoggiati a una parete, dieci alla parete di fronte, un'unica finestra in fondo, grande, attraversata da una croce di sbarre di ferro.

L'avevano portata bambina in un posto così, a salutare suo nonno, a cui avevano amputato una gamba.

Non togliere i guantini, non toccare niente, respira con la bocca chiusa, lavati le mani.

Anche in quell'epoca lontana si disprezzava la vecchiaia, la si avvicinava con ribrezzo, pur se in modo meno metodico.

Non l'aveva mai dimenticato quel giorno. Quella lunga stanza cupa dall'odore pesante. E continuava a sognarla. Si svegliava, alle due, alle quattro, e da uno di quei letti allineati si alzava il corpo snello e slanciato di Umberto.

Scacciava l'immagine, inghiottiva una pillola. Lei, che non aveva mai preso medicine.

Mai.

Dormiva artificialmente, adesso. Per la prima volta nella sua lunga vita. Dormiva artificialmente da quando l'altra metà del talamo era vuota del corpo del suo compagno. Era un letto smisurato, ormai. Ogni cinque anni, lei e Umberto, acquistavano un materasso più grande. Erano arrivati a un doppio king size che riempiva quasi tutta la camera.

Dovevano rotolare uno verso l'altra, per arrivare ad allacciarsi. Era motivo di trattenuta ilarità, quel percorso sempre più lungo.

Con un sorriso segreto, poi, lei si girava sul fianco e lui, imitandola, andava ad aderire alla sua schiena, le gambe premevano contro le gambe di lei, e insieme raggiungevano la posizione fetale. Lui la abbracciava da dietro e restavano così. Fermi.

Non facevano altro. Abbiamo sostituito la penetrazione con l'adesione, aveva detto Umberto nel corso di una delle ultime notti, spingendo il ventre contro i suoi lombi.

Avevano teorizzato nuove mode sessuali per un po'... e poi si erano addormentati.

Con un transitorio senso di immortalità.

Le mancava, Dio quanto le mancava...

Perfino il suo leggero russare, quel respiro appesantito dall'inerzia, le mancava.

Chiuse gli occhi, si distese supina, le braccia tese lungo i fianchi, e prese a rotolare nel letto, da un estremo all'altro. E poi di nuovo. Mentre le lacrime le scorrevano lungo le gote.

Quando sentì bussare alla porta, il lamento che stava trattenendo esplose in un muggito doloroso, come di bestia abbattuta.

Matteo entrò.

"Vattene," disse Elisabetta, fermandosi e sedendosi sul letto. I piedi nudi appoggiati a terra, la schiena alla porta.

Matteo sedette accanto a lei.

"Mi dispiace," disse, dopo aver scartato frasi più complesse.

Gli parve la conclusione di un percorso, la sintesi di un elenco di formule empatiche che era più saggio tacere.

"Ti va se ci mangiamo qualcosa insieme? Federica è alla Mother Class. Poi ha una cena di condivisione. Tutte femmine pregne. Sono esentato."

"Non sono dell'umore."

"Ma io ti ho cucinato la zuppa di soba con le mazzancolle!"

Elisabetta si costrinse a sorridergli, a sorridere a suo figlio, a seguirlo in cucina, chissà se questo lo insegnano alla Mother Class, pensò. La maternità è un contratto di predilezione assoluta per un altro essere umano, e non scade mai.

Non si tratta soltanto della bestia giovane e della bestia vecchia, quell'aritmetica è meschina. Il meschino calcolo di chi invidia e chi è invidiato. Chi cresce e chi diminuisce. È qualcosa di più profondo e doloroso, la gratitudine che provi quando ti vedono, quando i figli si accorgono di te e ti tendono una mano. Mangiò seduta di fronte a lui, ai due capi del lungo tavolo di cristallo. Al terzo bicchiere di vino gli raccontò dell'incontro con il suo antico compagno di liceo. Gli disse tutto. Anche se si era ripromessa di non farlo, gli disse della sua volontà di anticipare il ritiro. E del suo desiderio di ricongiungersi a Umberto. Gli disse che gli voleva bene e che voleva bene anche a Federica, lo disse con quel sovrappiù di tenerezza che il Gewürztraminer consentiva e stimolava. Non si tratta di mentire ma di glassare un po' la verità. Una questione di dosaggio degli zuccheri. Gli disse che era felice di saperli ben sistemati lì, con il loro bambino, a godersi la luce del roseto in primavera. Disse che lei davvero non poteva adeguarsi a quegli anni di attesa del termine. Del nulla. Il nulla, disse, va affrontato senza indugi. Con un balzo, come quando il mare è freddo e lì per lì soffri, ma poi entri in un altro elemento, i piedi non toccano più terra, diventi altro e godi quel piccolo piacere fusionale che certamente anticipa la dissoluzione.

"Ecco, voglio anticipare il momento in cui questa nuova vita, senza fatica e senza responsabilità e senza peso e senza scopo, sostituirà la mia."

Matteo la ascoltò fino in fondo.

Era lui il primo a insegnare come andava affrontata ogni ricaduta psichica della regola dell'alternanza.

Non si tratta di una deportazione, né di una perdita, si tratta di una trasformazione. Gli anziani della precedente gestione erano forse felici? Quel loro rimanere attaccati al ruolo, al lavoro, quel mescolarsi di uomini d'età avanzata con ragazze potenzialmente figlie, quel rincorrere la levigata giovinezza ricorrendo a operazioni chirurgiche, quel mentire, quel tacere, quel glissare, quel resistere, quell'occupare posti e sentimenti, poteri e rendite e vitalizi... non era forse una forzatura, un gioco a perdere, un'illusione di massa cui le élite rispondevano sborsando soldi e i meno favoriti bevendo vino cattivo?

Sapeva parlare, Matteo. Soprattutto sapeva ascoltare.

Quante donne di cinquantanove anni aveva ricevuto e rassicurato?

Uscivano dal suo studio rinfrancate, convinte. Delle buone ragioni del Partito Unico. Non è colpa di nessuno se, a sessant'anni, la media degli esseri umani ha ancora un corpo sano e una mente vivace. Il Partito ha soltanto riscritto le regole, adattandole alla nuova realtà.

Una tassa progressiva copre le spese di ritiro. È una visione più completa del pensionamento. Tutto qui.

Più completa e anche più empatica, più pietosa, perché non sei lasciato solo con la parte meno gratificante della vita, vieni accompagnato, accudito, e sistemato fra i tuoi simili.

"Ma perché le donne con le donne e gli uomini con gli uomini?"

Era una delle domande più comuni. Soprattutto da parte dei soggetti di sesso maschile. Era una delle risposte più scivolose, quella che gli toccava somministrare. E forse anche delle più bugiarde. Si tratta di una questione transitoria. È l'ordine naturale delle cose, fuori dagli anni della fertilità, la relazione fra noi e loro, fra noi e voi... Si inerpicava su politiche di genere e digressioni ormonali, perdeva slancio, non convinceva.

E adesso, era sua madre a metterlo alla prova.

"Voglio chiedere il ricongiungimento. E tu mi devi aiutare. Stai per salire di grado no? Ti tocca, se non sbaglio. Come premio per il parricidio rituale. Avrai accesso a qualche stanza che conta, a qualche gruppo di balordi addetti alla riforma della rottamazione... bene, poni il problema. Volete farci credere che non ci sono intenti persecutori o repressivi, d'accordo. Diciamo che avete ragione. Che la nostra vita riparte da zero e vivremo, fra noi, una nuova primavera. Bene: come pensate che questo possa accadere in un casto regime omosessuale? Ogni fioritura ha bisogno di pollini."

Una risata in avvicinamento precedette d'un attimo l'apertura della porta della camera da pranzo.

Federica, in premaman di lattice e stivaletti a punta, li contemplò per un attimo, il telefonino infilato nell'orecchio.

Rise ancora per qualche secondo con il suo sconosciuto interlocutore, poi chiuse la comunicazione e disse: "Disturbo?"

"Per niente," rispose Elisabetta aprendo la seconda bottiglia, "accomodati, Matteo è reticente, ma tu non mi farai mancare il conforto della sincerità. Siediti. Vuoi un bicchiere di vino?"

"Non bevo, se no il tuo nipotino viene depravato e ubriacone come suo padre." Matteo si sforzò di non sentirsi a disagio, Federica stava proponendo una tregua ed Elisabetta non era corsa a rifugiarsi in camera sua. Si trattava di un passo verso la cessazione delle ostilità.

"Mia madre vuole andarsene in anticipo," disse, sperando che Federica riuscisse a occultare, con un minimo di decenza, la propria felicità.

Federica, come era nel suo carattere, deluse le aspettative. Si alzò in piedi, gridò: "Wow!" e si precipitò a baciare la suocera che aveva in animo di sgombrare il campo.

"Grande, grande, grande Betty, la fantastica nonna Bettina, fai benissimo, sarai la più giovane della comune, potrai trattare le altre da befane, sarai la più fica di tutte."

Elisabetta si lasciò picchiettare la fronte e le gote da quelle effusioni bambinesche, poi le afferrò un polso. Gentile ma ferma. Una vera morsa.

La costrinse a staccarsi da lei, quindi, con un sorriso tagliente, disse:

"A patto che mi sia concesso il ricongiungimento coniugale."

Una nuvola oscurò il volto di Federica.

"Oh, no!"

Un'esalazione di sconforto e crollò sulla sedia come una bambina a cui hanno fatto cadere il cono di crema sul marciapiede.

Elisabetta cercò gli occhi di Matteo: dunque era davvero una menzogna. Non ci sarebbe stato nessun ricongiungimento.

Per nessuno. Nessun campo misto in cui rilanciare il gioco della relazione fra i sessi. Nessuna possibilità di aderire al corpo di Umberto.

Mai più.

Poiché suo figlio sembrava molto concentrato a leggere l'etichetta sulla bottiglia del vino, si costrinse a chiamarlo per nome, con una leggera inflessione interrogativa:

"Matteo...?"

"Non farti delle idee strane, il ricongiungimento ci sarà... sul fatto che si possa anticipare non so, se vuoi mi informo."

"Ecco, bravo, informati."

Elisabetta si alzò da tavola.

Federica seguiva i suoi movimenti con uno sguardo di cocente delusione. Elisabetta le carezzò i capelli, passandole accanto.

"Non ti preoccupare, piccola, finirò per sparire lo stesso, in un modo o nell'altro... e lo farò prima della scadenza."

9.

"Sono venuto a trovarla, come andiamo?"

Umberto non mosse un muscolo, continuò a guardare la pagina aperta di *La coscienza di Zeno*, rileggendo la stessa riga.

Il dottor Bruno sedette sul bordo del letto.

Tolse gli occhiali scuri che portava sempre, anche in interni, anche nel suo studio, durante le sedute.

"Via, non faccia finta. La sto disturbando, finché non me ne andrò non riprenderà la lettura."

Umberto chiuse il libro, lo appoggiò sul comodino e guardò il viso che si protendeva verso di lui. Gli occhi, che lo fissavano per la prima volta senza la difesa delle lenti, erano di un celeste chiarissimo e tuttavia consistente, di taglio orientale.

Gli parve di averli già visti, ma non su quel viso.

Stornò lo sguardo, abbassò le palpebre, come per rifugiarsi nel sonno.

"Lei è un uomo intelligente, signor Delgado. Non è mai stato collaborativo, ma questa, mi permetta di ricordarglielo, è una reazione abbastanza frequente."

Vuole umiliarmi, pensò Umberto e represse, di stretta misura, un sorriso. Si sentiva debole. Già da qualche ora le parole stampate stingevano l'una nell'altra fino a formare una riga unica color piombo. Eppure aveva tenuto quel romanzo aperto davanti agli occhi con encomiabile costanza. Di giorno e di notte. Era una difesa.

Era anche una dimostrazione di resistenza.

"Immagino che lei sappia quanto sarebbe facile alimentarla artificialmente."

Umberto riaprì gli occhi e si concesse un sorriso.

"Bene. Vedo che reagisce in modo positivo. Magari vuole dirmi contro chi o che cosa sta attuando questa forma obsoleta di protesta?"

Silenzio. Occhi di nuovo chiusi. Leggera accelerazione cardiaca.

"Non devo spiegarglielo io, che una protesta senza obiettivi è puro autolesionismo. Se lei non parla sta digiunando invano: in assenza di cibo un individuo normopeso può sopravvivere mediamente fino a un mese. Senza acqua non si sopravvive che pochi giorni. Lei ha messo in scena questa ribellione corporale esattamente sessantasei ore fa. Non le pare arrivato il momento di esprimere le sue rivendicazioni? La povera Leonora, che tra l'altro è di nuovo incinta e quindi avrebbe bisogno di serenità, è in tutti gli stati. Vuole farla ricoverare, vuole far venire un ispettore... è sinceramente provata, povera ragazza. Non le sarà sfuggito che questa struttura è la migliore di tutto il comprensorio di nord-est.

"Qui gli ospiti sono felici. Vivono una situazione di vacanza perfetta.

"Sì, lo so, lei sta pensando alla frase che ho detto prima, che la scelta di non collaborare è una reazione frequente. Non c'è contraddizione, caro signore. È una questione di step. Fasi. All'inizio ci si irrigidisce, il distacco dalle tue cose, dalla tua casa, dalle persone care, lo stesso improvviso vuoto dei giorni senza lavoro, senza impegni, creano un ovvio rigetto. Ci si sente vecchi in modo negativo. Come se essere vecchi fosse una mancanza, un di meno, una carenza di giovinezza, come se essere vecchi fosse il malinconico contrario dell'essere nuovi. Poi si capisce che non è così. Se si frequentano i gruppi che mettiamo a vostra disposizione, se si è regolari nella terapia... ci si rende presto conto che non si è vecchi, bensì anziani e che l'essere anziani è una condizione estremamente vantaggiosa."

Il dottor Bruno, dopo una pausa di vana attesa, si risolse a prendere fra le dita il polso di quell'uomo smagrito e testardo. Constatò la lentezza delle pulsazioni.

Si rimise gli occhiali scuri.

"Bene. Se non ha altro da dirmi. Procediamo."

Come se avessero aspettato fino a quel momento dietro la porta chiusa della stanza, entrarono due infermieri con un trespolo al quale era appesa una sacca gonfia di un liquido trasparente.

Prima che l'ago penetrasse nella vena del suo braccio sinistro Umberto disse: "Non si azzardi a toccarmi."

Sentì la sua voce roca. Come se le corde vocali si fossero ossidate per inattività.

"Non le farà male, è una soluzione di glucosio."

Umberto afferrò la cannula che fuoruscita dalla sacca e strappò con tutta la forza residua. Non era granché, ma il liquidò si allargò sulla stuoia che copriva il pavimento della stanza.

Una leggera contrazione sotto la lente sinistra degli occhiali, niente di più. Il dottor Bruno andava molto fiero del suo autocontrollo.

Con un gesto negò agli infermieri, un mulatto con un fisico da ballerino e un tracagnotto più muscoloso che grasso, il permesso di intervenire.

Poiché non se ne andavano, si trovò costretto a verbalizzare.

"Andate pure, e fate portare la colazione per il nostro signor Delgado, tè caldo con due cucchiai di miele e biscotti a volontà."

Quindi prese una sedia, l'avvicinò al letto e sedette.

"Si è comportato male, Umberto. Ha fatto un danno. E la flebo le avrebbe fatto un gran bene. Lei è disidratato, oltreché testardo. Per la testardaggine possiamo soltanto dar fondo alla nostra dotazione di pazienza, mentre sulla disidratazione si può intervenire. Ora, mentre aspettiamo la colazione, vuole rispondere a qualche domanda?"

"No."

Il dottor Bruno annuì con soddisfazione.

"Guardi che siamo più forti di lei. Può sfasciare una flebo, due, tre, ma se io la faccio immobilizzare e le faccio un'iniezione la spedisco nel mondo dei sogni e mentre lei è incosciente posso nutrire i suoi vasi sanguigni con tutto quello che voglio."

"E poi?"

"E poi niente. Volevo soltanto avvisarla: lei non ha alcuna possibilità di togliersi la vita. Era questa la sua intenzione?"

L'infermiere mulatto entrò con il vassoio della colazione.

Umberto si rese conto che gli tremavano le mani nel prendere la tazza.

Bevve un lungo sorso. Il tè era caldo e dolce. Molto dolce. Lo sentì vorticare nel vuoto del suo stomaco.

Non aveva mai avuto intenzione di morire. Ma non aveva intenzione di dirglielo.

Stava perdendo la sua prima battaglia. Una sensazione abbastanza sconosciuta, nella sua lunga vita.

"Mangi un biscotto. Mastichi bene e deglutisca adagio."

Il dottor Bruno godeva visibilmente di quella sua coatta obbedienza.

"Si sente meglio? Questa sera le manderò un brodo di pollo e un uovo. Come lo preferisce? In camicia? À la coque? Fritto? Sodo? Cenerà a letto. E da domani potrà tornare a prendere i pasti con gli altri ospiti. La saluto. Si faccia un bel sonno."

Sulla porta si voltò per indirizzargli un sorriso di evidente superiorità.

"Quando ha voglia di fare due chiacchiere io sono a sua disposizione."

"Adesso," disse Umberto, ancora afono, "voglio parlarle adesso," ripeté bisbigliando con forza.

Voleva mettere a segno un colpo. Imporsi almeno sulla tempistica di una conversazione fra adulti che non doveva assolutamente risolversi in una seduta di terapia.

Il dottor Bruno decise di trionfare negandosi.

"Adesso si riposi. È la cosa migliore."

Il giorno dopo Umberto notò che tutti, chi chiedendogli se si sentiva meglio, chi strizzandogli l'occhio come se li legasse un accordo segreto, lo trattavano in modo artificioso.

Ormai si conoscevano tutti per nome e anche per la sintetica biografia lavorativa che gli uomini si scambiano per presentarsi l'un l'altro. Eppure non erano fiorite, o almeno così pareva a Umberto, amicizie che dessero un senso a quello sfiorarsi quotidiano.

Da mesi dividevano pasti, partite, passeggiate e attese davanti agli studi dei terapeuti o dei massaggiatori.

Soltanto Giorgio e Michele si appartavano e si cercavano con gli occhi.

Gli altri, primo fra tutti l'onorevole Enzo, continuavano a prendere le misure dei compagni di sventura.

Come se volessero capire chi sarebbe crollato per primo.

Chi sarebbe riuscito ad acquistare qualche privilegio, smarcandosi dal gruppo.

Quando Umberto aveva smesso di presentarsi alla tavola comune, quando aveva rifiutato i pasti in camera, quando si era dichiarato perfettamente sano ma desideroso di essere lasciato in pace, quando aveva rifiutato l'alibi della malattia, i controlli, le visite, quando aveva smesso di bere e di nutrirsi, Guidobaldo e gli altri si erano recati, in momenti diversi, al suo capezzale.

L'ultimo giorno, prima della visita del dottor Bruno, non era venuto nessuno.

Camminando, da solo, lentamente, nel prato che circondava l'albergo, Umberto si chiese se avessero subito il divieto di avvicinarsi al ribelle. Possibile che non fossero curiosi della sua battaglia? In un luogo in cui non succede mai niente, è facile diventare una notizia... Non li aveva coinvolti apertamente. Però non aveva neanche taciuto. Che cosa avesse detto e che cosa avesse omesso non riusciva a ricordarlo. Aveva cercato di fare proseliti? Si era proposto come modello? Il digiuno acuiva i sensi ma confondeva e assottigliava i confini fra il sonno e la veglia, fra il pensato e il verbalizzato.

L'idea di mettere in atto uno sciopero della fame e della sete gli era venuta quando, per la quarta volta, gli era stato impedito di raggiungere le caserme.

Dopo un primo e un secondo tentativo con il gruppo, sempre di giorno e sempre con una certa fiducia razionalista nella possibilità di ispezionare il villaggio dei ritirati nella sua ampiezza e stratificazione, aveva ritentato due volte di notte. Solo.

Senza dire niente a nessuno.

L'ultima volta, quella in cui era arrivato in vista del primo dei sette edifici adibiti a ricovero degli anziani meno abbienti, era sfuggito al controllo della polizia dell'albergo, ma non a quella delle caserme.

Due agenti con un fisico da lottatori di sumo l'avevano bloccato mentre, con il cellulare, fotografava la facciata.

In una finestra si era acceso un lume, non la luce di una stanza, un lumicino tondo e alonato di giallo, che dondolava nel buio come per chiedere soccorso.

Era quasi certo che qualcuno si fosse affacciato.

E poi ritirato, quando lui, preso alla sprovvista e placcato con la torsione del braccio sinistro dietro la schiena, aveva urlato per il dolore.

L'aveva verbalizzato con il gruppo, il resoconto di questa avventura?

O aveva soltanto sognato di farlo, in quel dormiveglia da debolezza?

L'avevano caricato su una jeep e riportato in albergo.

L'avevano consegnato al portiere di notte.

"Questo signore si era perso," aveva detto l'orango più giovane, con una luce di scherno e superiorità negli occhietti maligni.

Il portiere era uscito dal banco della reception, e l'aveva accompagnato in camera.

Unico particolare incongruo rispetto alla doverosa cortesia dell'impiegato verso il cliente: lo teneva saldamente per l'avambraccio.

Dal mattino dopo, Umberto aveva smesso di consumare i pasti, non si era più alzato dal letto. Eccetera eccetera eccetera.

"E ora sono di nuovo qui, a misurare il vasto rettangolo del prato, mia cara."

Mormorò. Aveva preso l'abitudine di parlare con Elisabetta.

Componeva frasi di quelle che piacevano a lei. Ben tornite, un po' scritte, come le battute di una commedia d'altri tempi. Sofisticata, elegante anche nella disperazione, o forse soprattutto...

Frasi. Con gli aggettivi al punto giusto. E gli avverbi, che Elisabetta considerava un lusso necessario: "Dimmi una frase con un avverbio e sarò tua."

"Mi manchi dolorosamente," disse a mezza voce. Poi aggiunse, alzando il tono: "Dolorosamente, imprevedibilmente, progressivamente. Mi manchi sempre di più. Più fortemente, più tristemente, più malinconicamente..."

Si accorse in quel momento di non essere solo.

"Si sente bene?" chiese il dottor Bruno.

Un raggio di sole obliquo illuminò per un attimo il candore del camice e subito dopo, in uno squarcio di azzurro, tutta la persona. Un uomo alto e ben piantato, con folti capelli d'un castano innaturale e un paio di occhiali scuri. Una sola immagine Umberto era riuscito a staccare dallo sfondo annebbiato delle sue sessantasei ore di digiuno: il viso del dottor Bruno proteso su di lui, quegli occhi da gatto siamese che, al presente, erano di nuovo ben occultati dalle lenti.

Era un viso cieco, come la facciata di un palazzo con le finestre murate.

Umberto provò l'impulso di strappargli via gli occhiali.

Non lo fece, ma si avvicinò quasi lo volesse annusare e prese a fissarlo.

Il dottore gli sorrise.

"Mi sta esaminando?" disse, mondano.

Umberto gli sfiorò la pelle.

Era stranamente priva di rughe. Perfino quelle d'espressione.

Il dottore restò immobile, con forzata cortesia disse:

"C'è qualcosa che non va?"

Umberto rispose con una domanda:

"Mi stava seguendo, dottore?"

Voleva prendere tempo.

Il dottor Bruno scosse la testa.

Umberto gli guardò il collo, la piega di pelle vuota, l'eccedenza che nascondeva il pomo d'adamo. Lo colpì, improvvisamente nitida come un'evidenza rimossa per mesi, una certezza: il dottor Bruno aveva cinquant'anni, forse addirittura cinquantacinque. Aveva comunque passato i fatidici quarantacinque. Era per nascondere la caduta delle palpebre che teneva sempre gli occhiali scuri? Non era giovane, anche se conservava, nell'insieme, qualcosa del ragazzo che era stato. E il ciuffo di capelli color castagna che gli scendeva sugli occhiali scuri era sicuramente fasullo.

Un trapianto, una tintura.

"Non sia così egocentrico, signor Delgado. Passeggiavo. Non ho appuntamenti fino alle diciotto. Le do fastidio? Preferisce... passeggiare da solo?"

Umberto cambiò il verbo passeggiare con quello che il dottore si era censurato: preferisce parlare da solo?

Si fermò, sedette su una delle panchine che erano generosamente disseminate sul percorso.

"Al contrario," disse, accavallando le gambe, "ho piacere di fare due chiacchiere con lei. Si accomodi, se non ha fretta. Mi rendo conto che la panchina non si addice a chi sta ancora nel mondo degli uomini attivi, ma può sostare e raccontare a se stesso che le tocca tenere compagnia a un paziente depresso."

"È così che si sente, signor Delgado? Depresso?"

Il dottor Bruno sedette e contemplò l'uomo che gli sedeva accanto.

Era un esemplare quasi perfetto del tipo umano che aveva reso il ritiro necessario: alto, le spalle larghe, le braccia muscolose del giocatore di tennis, i capelli ancora folti anche se compattamente grigi, due occhi neri penetranti, una dentatura ben conservata.

La vita gli avrebbe concesso, presumibilmente, un ulteriore quarto di secolo di pura energia. L'esperienza, l'aver attraversato gli anni del disordine senza farsi disarcionare da posizioni di prestigio e la cultura, l'aver vissuto prima di Wikipedia sudando sui libri, facevano di lui un ostacolo inamovibile per l'ascesa di chi aveva diritto al suo turno sulla plancia di comando.

Quanti ce n'erano come lui, nella struttura?

Ed era stato saggio metterlo in albergo? Le caserme erano ben più attrezzate a fiaccare la volontà, a far declinare le forze.

Poiché, sentendosi osservato, Umberto non rispondeva alla domanda, il dottor Bruno la completò con un consiglio: "Se è depresso posso darle un farmaco leggero, che non dà assuefazione."

"Non sono depresso. Sono incazzato," disse Umberto.

"È uno stato d'animo che può soltanto danneggiarla."

Umberto con una torsione enfatica del busto si voltò verso il suo interlocutore: "Posso essere franco con lei, dottor Bruno?"

Il dottor Bruno annuì, in piena luce. Guardato da vicino, il Delgado gli apparve più vecchio, per quel gonfiore sottocutaneo che riduce gli occhi degli anziani a fenditure fra le palpebre.

Stanchezza, ritenzione idrica, cedimento dei muscoli mimetici.

Il dottor Bruno si congratulò con la sua buona sorte, per aver potuto cancellare tutti quei segnali funesti dell'incedere del tempo.

Quasi a sfidare l'interlocutore, eccezionalmente, si tolse anche lui gli occhiali.

"Certo che può, anzi, deve," disse, magnanimo, offrendo allo sguardo dell'altro l'assenza di borse (un'operazione semplicissima, benché illegale).

Umberto trasalì.

Quegli occhi gli ricordavano qualcuno.

"Allora?" disse il dottore, poiché Delgado taceva e lo fissava, con un interesse indecente.

Umberto decise di forzare, doveva stanarlo, doveva giocare.

"Allora... niente. Non ho apprezzato il trattamento ricevuto mentre stavo fotografando un edificio che appartiene a questo... villaggio. Inutile che glielo descriva, lei lo conosce benissimo. Ed è anche inutile che lei menta. Sono stato preso come un furfante e riaccompagnato alla mia cella. Qui siamo soggetti a una sorta di detenzione, dottore. Non possiamo neppure relazionarci ai nostri vicini."

"Non mi pare che lei abbia una naturale tendenza a relazionarsi, mi perdoni se glielo dico. Io l'ho osservata."

"Me ne sono accorto."

"È il mio compito. Sono il responsabile della vostra salute."

Umberto lo fissò, in un silenzio che al dottor Bruno parve aggressivamente lungo, poi disse:

"Per quanto tempo ancora?"

"Per quanto tempo ancora cosa?"

"Per quanto tempo ancora veglierà sulla nostra cosiddetta salute... Lei ha cinquant'anni, forse anche cinquantadue. O addirittura cinquantacinque."

Il dottor Bruno represse a fatica un fremito di pura indignazione.

"Io ho quarantadue anni," disse, freddamente. E si rimise gli occhiali da sole.

Umberto prese a dondolare la testa, un'espressione di diniego, non priva di una superiore forma di comprensione. Come un uomo adulto di fronte all'inguaribile civetteria di una donna non più giovane.

"Lei non ha quarantadue anni. Lei ne ha dieci di più, come minimo. Il che vuol dire che fra non molto si troverà a sedere su questa panchina non per sua volontà e soltanto in orario di lavoro. Vi siederà obbligatoriamente, senza alternative. Come crede che si sentirà? Depresso o incazzato? A occhio e croce direi incazzato. Sempre che abbia diritto a un trattamento come il mio. Un medico, anche se al servizio dei piani alti del Partito Unico, non guadagna le cifre che ho guadagnato io nel corso degli anni. Mettiamo pure che lei abbia maturato il diritto all'albergo, magari decidono che conosce troppo bene il luogo ed è meglio declassarla. Finirà nelle cupe caserme dove avete così accuratamente evitato di farmi entrare. Ci ha pensato? Otto anni passano in fretta. Soprattutto da una certa età in avanti. È una questione aritmetica. Il tempo si segmenta secondo la durata complessiva della tua esperienza esistenziale. Quando hai otto anni, un anno è un ottavo della tua vita, un tempo lunghissimo. A sessant'anni un anno è un sessantesimo del tuo tempo vissuto. Niente. Dura quanto dura un mese per un giovane. Ci pensi. Lei si troverà nella mia situazione molto molto presto."

Il dottor Bruno, Umberto se ne era perfettamente accorto, non l'aveva ascoltato che parzialmente. Per tutta la durata di quell'inopportuna requisitoria aveva palpeggiato lo schermo del suo cronosmartphone di ultimissima generazione (piccolo che si può chiudere in un pugno o portare attorno al polso, nervoso, continuamente pulsante segnali luminosi e ronzii e tintinnanti campanelli).

"Ecco," disse dopo un breve silenzio, e porse a Umberto il piccolo oggetto.

Umberto lo prese: una minischermata mostrava la carta d'identità di Paolo Bruno, nato a Udine quarantadue anni prima. Capelli castani, occhi azzurri, un metro e settantacinque, dirigente sanitario e psichiatra. C'era tutto. Anche l'impronta digitale e il gruppo sanguigno.

"Ritiro le mie perfide illazioni," disse Umberto con un sorriso, "lei ha un bel margine, magari col tempo il confine fra la vita e la non vita verrà spostato. Le conquiste della scienza vanno in quella direzione. Cioè in direzione opposta alla rivoluzione dei trenta-quarantenni, ma non importa, basta non pensarci. Basta non pensare proprio."

Umberto si alzò, restituì il cronosmartphone verso cui il dottor Bruno già tendeva la mano, preoccupato. Si avviò di buon passo in direzione dell'albergo.

"Venga a trovarmi," gli gridò dietro il dottor Bruno.

Umberto tracciò nell'aria un segno di commiato, di consenso.

Certo che ci sarebbe andato dal dottor Bruno.

E prima di quanto il dottor Bruno poteva anche soltanto immaginare.

"Ho avuto un'illuminazione, tesoro," disse Umberto a bassa voce, fissando un'aiuola di viole dai colori sgargianti, "tu ci avresti pensato subito, mia lucida colomba. L'idiota ha un perfettissimo cronosmartphone da polso. Non un antiquato telefono a raggio limitato come noi reclusi. E prima o poi, mia cara, io glielo sfilerò dal polso, dovesse costarmi la pelle."

10.

La sede del circolo era un palazzetto costruito nel XV secolo, immerso in un giardino verde cupo senza fiori, fra alberi d'alto fusto e siepi dalle foglie carnose. Si trovava all'apice di una piccola via in salita, alle spalle del Ninfeo di Valle Giulia. C'era odore di muschio e un'umidità da crepuscolo in campagna, eppure si trovava nel centro della città.

Elisabetta spinse il cancello che avevano lasciato socchiuso per lei, attraversò il giardino ed entrò da una porta finestra, dopo aver trovato le chiavi in una quasi invisibile fessura fra due lastre di pietra.

Il piano terra era occupato da dieci tavoli rotondi apparecchiati con un'eleganza d'altri tempi. Tovaglie ricamate e calici di cristallo, centrini e cuscini e cestini di rose e candelabri d'argento.

Non c'era nessuno ad accoglierla, ma le indicazioni erano chiare: dietro la sala da pranzo c'è il guardaroba, di fronte al guardaroba una scala a chiocciola. Sali, da sotto sembra molto ripida e troppo lunga, gira due volte su se stessa, ma non è disagevole, se fai attenzione.

Elisabetta si tolse le scarpe e si arrampicò lentamente.

La comparsa della sua testa dal pavimento della sala fumatrici fu salutata da un silenzio improvviso.

Il contrario di un applauso, la conversazione bruscamente zittita, come per valutare l'affidabilità della nuova arrivata.

Elisabetta si rimise le scarpe e guardò la scena che aveva interrotto.

Sedute su divani e poltrone di impeccabile raso color pastello c'erano una ventina di donne d'età compresa fra i cinquantacinque e i cinquantanove anni.

Erano tutte bionde e tutte tenevano, fra il dito indice e il medio, una sigaretta lunga e sottile o tozza e senza filtro. Alcune l'avevano infilata in un bocchino, altre la stavano schiacciando nel proprio piccolo personale posacenere.

"Sono Elisabetta De Mauro," disse Elisabetta.

Le donne ripresero a muoversi, con sollievo, quasi avessero scampato un pericolo. Alcune incominciarono ad applaudire, quelle che stavano ancora fumando, come violinisti impediti dallo strumento, iniziarono a battere la mano libera contro il bracciolo della poltrona.

Una bionda color miele con una tunica di seta ocra smise di mordere un lungo bocchino d'avorio, si alzò in piedi con una certa enfasi, baciò Elisabetta su entrambe le gote e la presentò alle altre.

"Avete visto che è venuta? Ragazze, questa nuova amica ha qualcosa da confidarci. Come vi ho già detto è il capo di mia figlia Maddalena. Mia figlia non ha avuto, parlandomi di Elisabetta, che parole di stima, di affetto e di riconoscenza. È lei che mi ha consigliato di invitarla. Ha detto: 'Mamma, non avete niente da temere. È leale ed è una donna libera. Accoglietela fra voi, come una sorella. Anche lei fuma. E fuma a casa sua.'"

Subito una dozzina di pacchetti di sottili Silk e di Sin senza filtro e di Break dal profumo di menta furono tesi verso la poltrona su cui Elisabetta era sprofondata in una sorta di piacevole torpore.

Prese una Silk, se la lasciò accendere, sbuffò una lenta voluta di fumo, formò qualche anello quasi perfetto e si godette il cicaleccio con cui quelle donne della sua età la stavano accogliendo fra loro.

Erano tutte truccate e abbronzate, avevano fili di perle attorno al collo e orecchini discreti. Nessuna mostrava le braccia, per non esporre cedimenti muscolari, ma nessuna obbediva alle regole del falso dimesso, non indossavano tailleur da hostess né maglioni scuri e calzoni larghi. Alcune avevano belle gambe tornite e gonne sopra il ginocchio, altre jeans e giacchette aderenti che mettevano in mostra vite ancora sottili. Avevano denti sgargianti e bocche disegnate con la matita.

Non avrebbero mai spinto il loro rifiuto della modestia fino a farsi manomettere i connotati da un chirurgo illegale, non avevano il coraggio di rischiare la galera, ma lì, nel segreto del club che, con i loro lauti stipendi, avevano affittato e ristrutturato, si consentivano ogni sorta di civetteria.

E ciascuna prestava attenzione ai monili dell'altra, ai piccoli orologi tempestati di brillantini, alle spille, alle sciarpe, in un reciproco risarcimento per tutto il disinteresse di cui, dai cinquantacinque anni in avanti, le donne erano obbligatoriamente oggetto.

Anche l'abbigliamento di Elisabetta fu commentato positivamente, con punte di entusiasmo condiviso per un bracciale d'argento antico a forma di serpente che sottolineava il suo polso delicato. Quando si sentì stanca di sorridere e ricevere sorrisi, quando la sua voce intrecciata al cicalare delle altre le parve improvvisamente estranea, si alzò in piedi e tutte tacquero.

"Care amiche," disse, avendo scartato "compagne" e "ragazze", "non vorrei davvero sciupare il clima di lusso e di festa che siete riuscite a creare, ma ho bisogno di condividere un... pensiero pesante," aveva scartato "angoscioso dubbio" e "drammatica certezza".

Il silenzio, attorno a lei, era saturo di attesa.

"Immagino che molte di voi siano separate, la mamma di Maddalena lo è, le figlie chiacchierano ma... dato che le figlie chiacchierano, so che hai un nuovo compagno, cara Sandra. Molte di voi hanno un nuovo compagno, vero?"

Un'ondata di connivenza alleggerì l'atmosfera.

Le separate avevano un uomo, anche se non era consentito, oltre i trentacinque anni, contrarre matrimonio. Alcune delle sposate avevano un amante. Le donne sole, che erano il gruppo più nutrito, non avevano certo smesso di sperare.

Non si smette di sperare per decreto legge.

Elisabetta le ascoltò rivendicare, in un palleggio di commossi resoconti, ciascuna la propria biografia erotica, e con essa una sorta di piena appartenenza al genere femminile. Quando pensò di aver ascoltato abbastanza, con un gesto da direttore d'orchestra, impose un nuovo silenzio.

"È esattamente come immaginavo. Noi, a dispetto del puro dato anagrafico, amiamo e siamo amate. Se non amiamo e non siamo amate lo desideriamo. E il desiderio è tutto. È l'unica ragione per alzarsi dal letto al mattino. È un carburante necessario, benefico, vivificante. Bene. Vi sto dicendo cose che sapete e vi starete chiedendo perché sono venuta fin qui, nel vostro bellissimo Smoking Club, a parlarvi del vostro e del mio desiderio di amare e di essere amata."

"Perché non ce lo consentono," disse una donna con un caschetto di capelli biondo cenere attraversati da mèches quasi bianche.

Un'altra disse: "Io non vedo l'ora di andarmene, voglio raggiungere Giorgio, abbiamo condiviso vent'anni di noia devastante, gli ultimi tempi lui per me era come un pezzo di mobilio, un comodino... peggio di un comodino, un comodino depresso... eppure adesso mi manca... l'hanno ritirato l'anno scorso. E ho ricominciato a sognarlo... da non credersi."

La madre di Maddalena protestò: "Lasciate parlare Elisabetta."

"No, no... continuate," disse lei, con un senso di struggimento che non aveva previsto, "continuate, è esattamente di questo che vi voglio parlare. È questo l'argomento. Il ricongiungimento, come ti chiami... Esther? Il ricongiungimento, Esther. Ecco: non credo che avverrà. È un'impostura. Ce l'hanno promesso, ce l'hanno lasciato credere. Ma non avverrà."

"Chi te l'ha detto?"

"Sei riuscita a parlare con tuo marito?"

"Tuo marito è Umberto Delgado, vero? A cittadini anziani di quel livello non possono certo togliere il cellulare, impedire i contatti con la famiglia... c'è una gerarchia, no?"

L'atmosfera si stava surriscaldando. Elisabetta veniva guardata, ora, come una presenza aliena, privilegiata nonostante la sorte comune, da qualche probabile informazione riservata. E negativa.

"No, mio marito non ha avuto accesso ad alcun privilegio. E io non ho sue notizie da quattro lunghissimi mesi."

Elisabetta concesse alle sue compagne una pausa enfatica. Si consentì un velo di lacrime. Ascoltò il brusio solidale percorrere e unificare la piccola platea. Ora erano tutte con lei. Riprese il controllo delle sue emozioni con uno scatto indietro delle spalle, un impercettibile tendersi del collo verso l'alto, quasi dovesse affrontare i flash dei fotografi sfilando su una immaginaria passerella.

Stava mentendo? Stava dicendo la verità?

Per tutta la vita se l'era chiesto. Tutte le volte che aveva preso la parola in pubblico, e non erano poche. Si innamorava della sua voce nel microfono e si convinceva della sua sincerità.

"Non vogliono che si riformino le coppie," disse lentamente, "una coppia è un'unità di resistenza. È un incentivo a vivere. A perseguire, testardamente, nonostante i decreti e le delibere e le leggi, l'obiettivo di stare al mondo, nell'unico modo possibile, quello morbidamente feroce della battaglia, con se stessi, con gli altri, dando e chiedendo, cavalcando con il massimo o il minimo del rigore, il mercato al dettaglio a cui ci ha consegnati il presente. La lotta per il godimento ha sostituito, ormai, da un paio di secoli, la lotta per la sopravvivenza. Si è spostata l'asticella della nostra soddisfazione, è stato spinto in su il limite. Dobbiamo saltare sempre più alto. Nessuno accetta la vita come un dono di Dio, cui sottomettersi senza cercare il meglio per sé. Anche noi, che siamo quasi anziane, siamo cresciute con l'obiettivo del piacere, dell'appagamento, della realizzazione personale. Siamo cresciute lontane dalla fame e dalla sete e dalla miseria. Per questo non invecchiamo nei tempi previsti. Non invecchiamo perché continuiamo a cercare di essere felici. A darci da fare, come adolescenti, per essere felici. Non ci aspettiamo il paradiso, né il sol dell'avvenir. Non immaginiamo un premio dopo la morte. Non c'è niente fuori dal nostro io, dallo spazio tutto terrestre del nostro tempo di vita. E non moriamo nei tempi previsti. Non vogliamo morire e quindi non moriamo. Quante di voi hanno ancora i genitori?"

Si alzarono, quasi con timidezza, otto mani, poi altre due.

"Ecco. Siete quasi anziane e non siete ancora orfane. Il Partito Unico vi ha aiutate. Vostra madre, che vi costava in badanti, ricoveri e medicine, vostra madre che non aveva più niente di piacevole, vostra madre che era un memento, un incubo, una minaccia al vostro equilibrio perché in ogni minuto vi mostrava come può incurvarsi una schiena, macchiarsi la pelle delle mani, cedere la carne, ottenebrarsi la mente, è stata ritirata dalla circolazione. Prima di voi. E insieme a tutte le altre. Tutte le persone di settanta, ottanta, novant'anni sono state portate via. Avete guardato i dépliant, vero? Un paradiso. Prati verdi, chalet di legno, montagne innevate, laghi azzurri. Il Nord Europa raccoglie tutti i vecchi, come monete fuori corso, li stiva in un forziere inutile. Vi hanno detto che avreste potuto andare a trovarli. Dopo qualche mese, per non turbare la cerimonia dell'adeguamento alla nuova vita. Ci siete mai andate? Avete fatto domanda? Quante di voi hanno fatto domanda per andare a trovare la propria madre?"

Si alzarono due mani. Una donna con la couperose sulle gote e la coda di cavallo, una più elegante con corti capelli biondo grano.

"E vi hanno risposto positivamente? Vi hanno detto: 'Okay, il posto è questo, qui c'è l'indirizzo, andate, portate loro notizie dal paese, controllate che cosa mangiano e se stanno bene'?"

"A me hanno detto di aspettare perché stavano per cambiare alloggio," disse la donna con la coda di cavallo.

"E a te? Hanno detto la stessa cosa anche a te o si sono presi il disturbo di variare?" chiese Elisabetta.

La donna con i capelli corti abbassò gli occhi, come se l'avessero colta nell'atto di compiere qualcosa di disonesto.

"Che la stavano trasferendo," disse, a voce bassa, poi alzò il tono e, mentre una lacrima le scivolava fuori da un occhio, aggiunse: "Ma io non ho insistito. Non ho telefonato di nuovo, non ho cercato un altro appuntamento e sono passati otto mesi. Io... voi... ce le siamo lasciate dietro le nostre madri. È vero o no? Che cosa abbiamo fatto per assicurarci che stessero davvero bene?"

Il pianto arrivò impetuoso, preceduto e annunciato dal lamento a labbra chiuse con cui aveva cercato di dominarlo.

"Non fatevi travolgere dai sensi di colpa," disse Elisabetta, ma ormai era inutile. La sua piccola platea di bionde artificiali stava sciogliendosi nella vergogna per non aver indagato, per non aver amato, per non aver mantenuto il contatto con le proprie madri.

Quando si rese conto che l'ondata emotiva non poteva essere controllata né incanalata verso qualche obiettivo, Elisabetta si lasciò condurre a uno dei tavoli rotondi del piano terra, dove consumò una certa quantità di barbaresco, pappardelle al sugo di lepre, arrosto di maiale, patate al forno e torta di cioccolato.

In cucina c'era un ragazzo moldavo dal viso tondo e dal sorriso contadino, a servire in sala un giovane ucraino coi pettorali esposti, una bellezza angolosa e uno sguardo offeso.

È tutta qui la trasgressione, pensò Elisabetta, calorie eccedenti l'etica dietetica e un giro di sesso mercenario a disposizione.

Ci sono due camere, sopra la sala fumo. Glielo dissero sottovoce. Ridendo. Il vino allentava la tensione.

Ciascuna preferì, alla fine, pensare che Elisabetta fosse un tipo drammatico.

Bella donna, intelligente, per carità, ma troppo nera, troppa immaginazione. I vecchi e le vecchie stavano in una zona protetta, separata, un gigantesco *Kindergarten*. Del resto non era forse ciclica la vita? Si nasceva si cresceva si diminuiva. Ci sarebbero arrivate anche loro, certo. Ma c'era tempo.

C'era ancora tempo.

Elisabetta se ne andò dopo aver promesso che si sarebbero riviste, che avrebbe aderito al club, la quota non era un problema, anzi, avrebbe sottoscritto un abbonamento da socio sostenitore. Ma sì, ma certo, una golden card.

Tornò a casa a piedi, lentamente.

Aveva bisogno di camminare. Quando camminava, quando correva, i pensieri mordevano meno, doveva camminare e respirare e consegnarsi al suo destino.

Al destino che era stato organizzato per lei, per loro.

Non era ragionevole sperare in una sollevazione.

Non sul tema del ricongiungimento. E forse neppure su quello della rottamazione.

Gli anni del disordine hanno picchiato duro, pensò. Pensò che ciascuna di loro, che pure parevano così simili, loro, le cinquantenni in attesa di essere ritirate come banconote scadute, vivevano in una bolla di solitudine, pensandosi diverse le une dalle altre, vivevano la solitudine socievole delle monadi moderne, elementi ultimi e indivisibili della realtà.

Pensò che nessuna barricata sarebbe mai più stata eretta da nessuno.

Sarebbero naufragati tutti nell'illusione di essere unici e nell'obbedienza. Tutti. Anche lei. Anche Umberto.

11.

L'enorme catino del Palasocial era gremito, come per un concerto, tutti in piedi, pronti a saltellare a ritmo, cantando, frullando le mani nell'aria.

Invece la musica è terminata subito dopo l'inno nazionale, quello nuovo che nessuno stona e tutti conoscono a memoria. Un coro a decine di migliaia di bocche perfettamente armonizzate. Un'immagine di coesione che i più giovani trovano assolutamente naturale e i più vecchi assolutamente sbalorditiva. Ed è così a ogni occasione di assemblea cittadina. Si esegue tutti assieme il saluto rituale, diritti come soldati e poi tutti ci si siede sul prato, a gambe incrociate. Il silenzio è assoluto, carico di attesa. Il palco pare ancora più grande, così vuoto. Non c'è nessuno. Un microfono infilato su un'asta svetta al centro del proscenio e basta. Non c'è altro, non un oggetto, un fiore, una bandiera. Niente servi di scena o personalità di secondo piano a rovinare l'atmosfera. Il palco è vuoto e la platea gremita. Decine di migliaia di persone nel pieno del fulgore fisico e mentale, silenziose, le schiene diritte, fissano gli occhi nel nulla, come per una meditazione yoga (la posizione è quella giusta). Il cielo è magnificamente stellato sopra le loro teste. E finalmente arriva Lui.

Jeans neri leggermente scampanati, camicia bianca aperta sul petto, i capelli scuri, folti, di taglio antiquato, le basette, il sorriso. Lui, con quel suo aspetto così comune e quel fascino così speciale. Avvicina la bocca al microfono e quasi sussurrando dice: sì, potete applaudire.

Scoppia un boato, decine di migliaia di mani si attivano e, subito dopo, tutti, contemporaneamente, si alzano in piedi. È una coreografia sapiente eppure del tutto spontanea. Lui incomincia a parlare e le prime parole finiscono affondate nel clamore. Il silenzio s'instaura quasi subito. Ma Lui non torna indietro. Non ripete quell'incipit perduto. Parla a tutti e non parla a nessuno. Sta snocciolando dati, e non si ferma. Quest'anno sono nati due milioni e settecentomila bambini. Sono stati ritirati un milione e trecentomila anziani. Il saldo è positivo. L'Occidente non ha più paura. Vengano i neri, gli asiatici, i brasiliani, vengano pure, abbiamo anche noi gambe lunghe e muscoli guizzanti, teste sgombre, pensieri puliti. Noi europei. Siamo pronti a combattere o a contrattare. Non abbiamo preclusioni né pregiudizi. Non dobbiamo fare i conti con niente d'inamovibile. Nessun principio non negoziabile. Nessuna ideologia o religione a ostacolare la libertà individuale o collettiva. Parla per frasi brevi, la concisione è il suo stile. Parla per dichiarazioni d'intenti. E a ogni dichiarazione, in un ritmo crescente ma regolare di entusiasmo, risponde una ola gioiosa. Quando tocca il capitolo anziani la voce si ammorbidisce, non nasconde la commozione nel dire: ieri l'altro si è ritirata mia madre, papà è mancato due anni fa. Erano coetanei. Ho accompagnato mamma al treno e, per la prima volta dopo il lutto che ci ha colpiti, l'ho vista allegra. Non serena, allegra. Come una ragazzina. Le cadevano gli anni di dosso mentre sedeva accanto alle sue nuove compagne. Nell'applauso che ha seguito questa dichiarazione confidenziale, ho sentito pulsare tutto il sollievo di una generazione. Noi amiamo i nostri cari. Li amiamo nel modo giusto, li proteggiamo dal confronto con una condizione che li esclude. Una lunga pausa, come una cornice di silenzio, ha sottolineato quell'approvazione carica di gratitudine. Ce lo sentiamo vicino, il nostro Líder, il segretario generale del Partito Unico.

È uno di noi. Anche lui, come chi scrive questo commento, ha fatto in tempo a conoscere l'ultimissima fase degli anni del disordine. Ve li ricordate i rantoli dell'animale morente? ha chiesto a quella platea affettuosa. Sììì... sììì... ce li ricordiamo, hanno gridato i meno giovani, i TQ, i trenta-quarantenni, come lui, come me, i coetanei del Líder Máximo. Ricordate la miseria della politica, gli alterchi e gli attacchi, il reciproco disprezzo, lo spettacolo della divisione e dell'odio e della lotta per il predominio all'interno di una casta distaccata dal popolo, incurante delle condizioni in cui versa la gente, la gente vera, quella che lavora o, peggio, non lavora, non mette su famiglia, non produce, non consuma, non compra... Un mondo disordinato. Uomini di settantotto anni ancora lì a sbracciarsi per farsi notare, per mantenere una posizione di potere, senza ascoltare la debolezza del corpo, l'usura degli organi interni e anche della mente. Donne di sessant'anni con la pelle del viso tirata dai macellai della bellezza, ancora lì, a perseguire il disgustoso progetto di rassomigliare alla propria figlia... e donne in età fertile che lasciano appassire il loro ventre perché non hanno soldi, non hanno lavoro e lo stato non le aiuta a compiere il loro dovere biologico...

Nel dipingere il mondo che ci siamo lasciati alle spalle, il Líder ha trovato accenti forti. Aggressivi. Ha ricordato la ribellione degli inoccupati. Avevano ragione. Erano in piazza tutti i giorni, e avevano ragione. Se non c'è lavoro per tutti, si scarta chi ha già lavorato a lungo e si fa lavorare chi è nel pieno della sua potenza fisica e non ha mai neppure incominciato a usarla! È naturale, è nell'ordine naturale delle cose. Abbiamo messo fine allo spreco delle energie della gioventù, ha gridato. Dopo l'applauso il tono è tornato dolce, colloquiale, modernamente amichevole. Da compagni di drink. Adesso va molto meglio, vero ragazzi? Siamo tornati alla natura. E seguendo la natura troveremo, sempre, la giusta strada.

Federica chiuse il lettore dove tutte le mattine compariva *Il quotidiano dei Cittadini*, organo del Partito Unico. Aveva letto con sentimento, sottolineando con un sorriso le frasi che le piacevano di più. Si alzò dal letto nuda e, reggendosi il pancione, andò a baciare Matteo, che aveva ascoltato seduto sulla terrazza.

"Sono così orgogliosa di te che vorrei recitarlo in piazza. È un articolo bellissimo. E tu sei bravissimo. E adesso che il caporedattore superdecrepito è stato ritirato vedrai quante volte ti faranno scrivere in prima pagina."

Matteo si lasciò baciare, ma le negò le ginocchia.

"Va' a vestirti."

"Siamo belli anche nudi, io e Bambino."

"Va' a vestirti lo stesso. Si è alzato il vento."

Federica annusò l'aria, che, in realtà, era immobile, profumata di gigli cotti dal sole e albicocche mature.

Stava per replicare che no, non c'era un alito di freddo e le nuvole erano una grisaglia bassa carica di sole inesploso, ma poi no, decise di tacere e tornare in camera e mettersi i calzoni.

Matteo aveva uno sguardo marcatamente triste.

Era così da quando si erano spostati ad abitare a casa di Elisabetta.

E sarebbe stato così finché Elisabetta non se ne fosse andata.

A chiunque glielo avesse chiesto, Federica avrebbe risposto che era in ottimi rapporti con la madre del padre di suo figlio, perché un atteggiamento positivo nei confronti della generazione uscente faceva parte del kit del perfetto venticinquenne. Rispetto per i TQ e una distratta dolcezza verso gli over fifty che poi si sarebbe colorata di compassionevole paternalismo, quando gli over fifty fossero diventati over sixty. Una nuora infastidita dalla suocera era residuale, polverosa come le barzellette di una volta.

Perciò, strenuamente, Federica lavorava su se stessa da sei mesi, ma le cose non miglioravano.

Elisabetta aveva preso, nelle ultime settimane, un atteggiamento da cospiratrice, peggio: da aperta ribelle. Leggeva vecchio materiale cartaceo, ostentatamente e ostinatamente, i tappi nelle orecchie per non sentire la musica che lei, lei Federica, a buon diritto, faceva risuonare per la casa.

Abbassa il volume, diceva Matteo. No, se no Bambino non la sente, mica è facile da lì dentro, la mia pancia ha un'acustica schifosa. Matteo non rideva. Elisabetta affondava i tappi nei padiglioni auricolari.

E si accendeva una sigaretta.

"A parte il fatto che è vietato per legge, a parte il fatto che ti fa male, Bambino ha diritto a non nascere con l'enfisema." (Federica)

Matteo cambiava stanza. Elisabetta spalancava una finestra, oppure saliva in camera sua. Una volta le aveva detto: "Non rompere ininterrottamente i coglioni, concedimi una pausa ogni tanto." Ed era uscita, sbattendo la porta di casa.

Uscire, va detto, usciva sempre più spesso.

Ma quando era evidente che non era tornata a casa dopo il lavoro, né per cena né dopo, Matteo diventava intrattabile.

Come adesso.

Come in questo esatto momento, che è lunedì, che è tardi, che abbiamo mangiato senza divertirci, senza bibitine con l'additivo perché con Bambino dentro non si può, che abbiamo fatto coccole invece di fare sesso e si vedeva che tu non c'eri con la testa.

Adesso che siamo tutti e due nel letto con la luna che preme sulla porta finestra aperta sulla terrazza ed è così chiara da far cantare gli uccellini, adesso, Matteo, perché sei teso in ascolto e quando senti aprirsi la porta balzi a sedere?

"È tornata quella vagabonda di tua nonna," disse Federica, rivolta alla minuscola escrescenza che il suo ombelico disegnava sulla pelle tesa del ventre.

Matteo si alzò.

Si rivestì (Federica era contraria ai pigiama, capi d'abbigliamento da anziani, come le pantofole) e uscì dalla camera da letto, inseguito da una voce marcatamente puerile: "Perché papuccio preferisce la nonna a noi due, mammina?"

"Perché papuccio è un pochino stronzo, bimbo mio."

Matteo trovò Elisabetta in cucina, affacciata sul relativo vuoto del frigorifero, da cui andava estraendo con gesti rabbiosi pinte di latte, pappette di frutta e formaggini.

"Dovresti spiegare a tua moglie che il neonato non è lei."

"Devi ancora cenare? Sono le due di notte."

Elisabetta non rispose, sedette vicino alla tavola, con un bicchiere d'acqua, una composta di prugne e un cucchiaino a forma di muso di gatto.

Matteo sedette di fronte a lei.

"Ti faccio un piatto di tonnarelli? Da qualche parte c'è del sugo di lepre... se non l'ha buttato via Federica... era ben nascosto."

Elisabetta si accese una sigaretta.

Gli sbuffò il fumo in faccia, aveva una luce ambivalente negli occhi, battagliera e stremata, come un soldato pronto all'ultimo sforzo prima della ritirata.

"Hai letto il mio articolo," disse Matteo, rassegnato a prendersi la sua razione di sarcasmo.

Elisabetta si strinse nelle spalle.

"Dillo pure, tanto lo so che cosa pensi. Che sono ben inquadrato, embedded nel fronte nemico, che sono un leccaculo del regime, che non ho un grammo di libertà di pensiero, di spirito critico e di buon gusto, che..."

Elisabetta lo interruppe: "Gli hai mai parlato?"

"A chi?"

"Al Nostro Líder Máximo," con la voce Elisabetta disseminò la frase di maiuscole.

"Ma no, dai... soltanto perché adesso scrivo sul *Quotidiano dei Cittadini* in prima pagina non vuol mica dire che sono diventato il capo dei suoi addetti alla comunicazione. Ha una schiera di ferventi apostoli che si occupano della sua immagine. Io..."

"Tu ti chiami Delgado, gli altri no."

Matteo strinse le labbra per reprimere un moto di fastidio. Era una vecchia storia. Ne aveva sofferto, quando era un ragazzo, all'apice degli anni del disordine.

"Quando vanno a rottamare un pezzo da novanta come tuo padre, l'erede viene destinato a un'ascesa molto molto rapida. Lo sai no? È già successo. E l'abbiamo commentato insieme. Se adesso l'hai rimosso buon per te, non sarò io a obbligarti a tornarci sopra. È un meccanismo elementare, sta fra il risarcimento e la fiducia nel DNA. Tu sei il portatore giovane di un'eredità genetica di prim'ordine. Anch'io non sono esattamente una casalinga fuori corso e loro lo sanno benissimo. Perciò non fare la mammoletta con me. Hai ricevuto una telefonata lusinghiera, no? Ti è stato chiesto di seguire gli eventi speciali del Segretario Generale, tutte le assemblee cittadine e le manifestazioni. Sono state lodate la tua scrittura, la tua verve, la tua duttilità. Non farai più il galoppino psichiatrico addetto alla consolazione dei rottamandi, fine della moral suasion ad personam, quei trenta minuti di vasellina purissima con cui prepari i tuoi pazienti a farsi fottere. Da domani, o dal mese prossimo, dirigerai il settore. Potrai assumere e licenziare, avrai un ufficio con qualche pianta in vaso, un salottino in similpelle e un tavolo per le riunioni. Il tuo stipendio sarà soltanto triplicato, per non dare nell'occhio, ma con i fuori busta in nero raggiungerai una cifra ragguardevole. La tua vita cambierà. Anzi, la tua vita è già cambiata."

Elisabetta buttò giù d'un fiato il bicchiere d'acqua che aveva davanti.

"Su, non guardarmi con quello sguardo da pulcino perplesso. Non ti sto sgridando, sono contenta per te... E il tuo pezzo su quell'orrendo quotidiano era comunque scritto meglio di come sarebbe stato scritto da uno a caso fra i molti addetti alla glorificazione del Líder."

"Non sono né perplesso, né pulcino. Sono deluso, mamma. Speravo che non saremmo finiti a scannarci fra noi. Con papà ci siamo riusciti. È uscito di scena con ammirevole compostezza. Io ho recitato il mio discorso di commiato. Lui mi ha ringraziato. Ci siamo abbracciati alla stazione."

"E non ti manca?"

"Certo che mi manca. Come mi mancherai tu. Ma le cose stanno così. I bambini hanno bisogno della mamma, i ragazzini hanno bisogno di contestarla... gli uomini no, non hanno bisogno di nessuno. Gli uomini e le donne non hanno bisogno del papà e della mamma. E la vostra generazione..."

"La nostra generazione?"

"La vostra generazione ci ha trattato da ragazzini anche troppo a lungo."

"Forse è vero. Ma forse vi faceva anche comodo."

"No, cara. Era degradante. Ci avete fatti sentire dei ritardati."

"Ed evidentemente è un crimine, visto che lo dobbiamo pagare con l'eliminazione fisica."

Elisabetta si alzò, andò al lavello, dando le spalle al tavolo prese a lavare il cucchiaino a forma di muso di gatto e il bicchiere che aveva contenuto soltanto acqua, con una lentezza estrema.

"Voglio chiederti una cosa Matteo," disse, senza voltarsi.

"Anch'io voglio chiederti una cosa: perché ti sei fatta in testa questo film dell'orrore, Elisabetta? Sei una donna razionale e intelligente. Perché parli di eliminazione quando si tratta di... andare a vivere all'estero. Vivere. I prossimi trenta quarant'anni o quanti saranno, in un altro tipo di società. In cui, probabilmente, primeggerai come hai primeggiato in questa. Sarai notata, promossa, adulata. Come..."

Elisabetta si voltò, asciugandosi le mani contro i pantaloni di lino chiaro, non era un buon segno che suo figlio l'avesse chiamata per nome. Era un primo, consapevole passo nel percorso dell'allontanamento. S'era deciso anche lui, pur con grande ritardo, ad adeguarsi alla regola. Era inevitabile.

"Voglio chiederti un favore, Matteo, poi risponderò alla tua domanda. Ora sei più potente di me. È venuto il mio turno. Forse ora sono io che ho bisogno di te."

Matteo provò l'impulso di lasciare precipitosamente la stanza. Lo represse.

"Dimmi... anche se sono certo che sovrastimi la mia potenza, cercherò di aiutarti."

"Quando lo incontri, quando incontri il nostro Líder Máximo, chiedigli dove li hanno mandati, quelli che sono partiti sei mesi fa. Dove sono? Ho bisogno di poterlo immaginare in un luogo, tuo padre. Devo visualizzare dov'è, come vive, com'è la sua casa, o la sua stanza, se no... è come se fosse morto."

12.

"Un agosto torrido": era questa la frase che rimbalzava da un tavolo all'altro, fra i divani e fra le panchine. Il tavolo da ping pong era sempre libero, sul campo da tennis cresceva l'erba cipollina, perfino la postazione "carte e giochi di società" era stata abbandonata.

Nelle piscine termali c'erano pochi corpi, galleggiava qualche pancia, nuoticchiavano i più adiposi, obbligati dal dietologo a essudare grasso.

I più magri evitavano di unire al calore dell'aria ferma anche il ribollire dell'acqua solforosa.

Il generale intorpidimento non risparmiava nemmeno la mensa.

Qualcuno, di tanto in tanto, mancava alla cena. E, fino a quel momento, non era mai successo. Eppure il caldo asfissiante durava da settimane.

Umberto se ne rese conto all'improvviso, come se un accumulo di segnali su cui aveva deciso di non soffermarsi l'avesse portato, poi, a una imprevedibile illuminazione: qualcosa stava cambiando.

I suoi compagni di sventura incominciavano ad adeguarsi a quella metodica organizzazione del declino, se non con la volontà o con il pensiero, almeno con il corpo.

Si addormentavano sempre più presto, saltavano il pasto serale. Di tanto in tanto, passando per le sale del piano terra, li vedeva sonnecchiare sulle poltroncine, gli occhi vuoti, un sibilo leggero fra le labbra socchiuse.

Perfino la vitalità dei più ottimisti sembrava sottoposta alle prime smagliature.

Luciano aveva smesso di cercarlo per parlare dei "vecchi tempi", quando "se alzavi la voce", tu certamente, ma perfino io, "si mettevano tutti sull'attenti". Guidobaldo sudava, si tamponava la fronte con un fazzoletto monogrammato ma non del tutto pulito, non faceva più cenno alla qualità superiore dei suoi vitigni.

Piuttosto strologava sul tempo, che il caldo li avrebbe corrotti tutti, che sarebbero marciti in vita, la carne guasta appesa alle ossa, troppo sfiniti anche per morire.

Umberto provava a contrastare quella visione terminale dell'estate, non che gliene importasse, ma voleva aprire un dialogo, determinare un contatto. Per la prima volta, nella sua lunga vita, si rese conto di sentirsi solo.

Aveva bisogno di confrontare le sue intuizioni con qualcuno, di essere contraddetto.

Cercò Enzo Torretta, l'onorevole, benché, fra tutti, fosse quello che lo irritava maggiormente. Non era nelle stanze comuni.

Guardò i suoi compagni di sventura, imbambolati davanti alla televisione o arresi al sonno sotto un ombrellone.

Era pentito di non essere entrato in confidenza con nessuno, perché, ora, aveva una gran voglia di fare domande, di sondare gli umori degli altri, di farsi raccontare come si sentivano.

Non era mai stato un tipo facile al contatto umano, né programmaticamente cordiale.

Nella parte attiva della sua vita, non aveva mai avuto tempo da dedicare alle relazioni. Non ne aveva bisogno e, sul piano del desiderio, preferiva concentrarsi, nei risicati spazi liberi, ad approfondire la conversazione con i pochi che gli parevano degni. Elisabetta, innanzitutto, e Matteo, certo, fin da quando era bambino. Gli pareva, con lui, di dissodare un campo potenzialmente fertile e non ancora lavorato. Dopo la sua famiglia, veniva il suo vecchio professore d'università, Roberto Muller, che era diventato famoso, in tempi abbastanza recenti, scrivendo su un giornale dissidente corsivi fulminanti contro i trenta-quarantenni. Il giornale era stato poi soppresso e del professor Muller si erano perse le tracce, come di tutti gli ottanta-novantenni. Stessa sorte era toccata alla tata della sua infanzia, caso assolutamente raro di intelligenza naturale, una donnina del tutto ignorante, capace tuttavia di porre domande con una eclettica curiosità che lo incantava. Era andato a trovarla fino a quando? Due anni prima, tre anni prima... Ma non si era mai chiesto dove materialmente fosse finita. Né lei né il professore né l'insopportabile zia Cesca, unica superstite della sua famiglia. Eppure erano stati, il professore e la tata, fra i pochi esseri umani che aveva amato. Con le persone che frequentava per lavoro era cortese, ma determinato, con una sorta di rigore monastico, a limitare il rapporto al perseguimento del risultato, niente di personale, niente di leggero. Quando, poi, si era visto catapultato in quel drappello di bianchi maschi occidentali accomunati dal caso e dall'anagrafe, la sua naturale tendenza a comunicare in modo selettivo era esplosa.

Era diventato ostinatamente scostante.

Rifiutava ogni invito, esibiva la sua solitudine come l'ultimo privilegio praticabile.

E adesso si trovava a muoversi fra estranei, mentre avrebbe

potuto averli amici, per quanto la durezza della condizione condivisa generi solidarietà.

Avrebbe potuto scuoterli, interrogarli, confrontare con le loro, le impressioni che stava registrando giorno dopo giorno.

Invece, benché, per la prima volta, si aggirasse fra gli altri sorridendo, non riceveva che sguardi vuoti, nemmeno un cenno del capo che gli desse la sensazione d'essere stato visto.

Gli pareva di attraversare un incubo: possibile che fosse, lui, l'unico sveglio in un mondo di comatosi?

Da due mesi esatti, cioè da quando il suo sciopero della fame era forzatamente rientrato, aveva messo in atto una strategia precauzionale: tutte le sere, a cena, fin dal primo giorno, ciascun commensale aveva trovato, accanto al piatto, un integratore alimentare. Ferro, calcio, magnesio. Tutti lo inghiottivano serenamente. E anche lui l'aveva fatto, all'inizio. Erano grosse capsule piene di una polvere bianca. Da due mesi, da quando, cioè, si era reso conto di essere un detenuto più che un ospite, aveva deciso di posizionare la capsula a lui destinata sotto la lingua e, salito in camera, la sputava nella mano, la apriva e faceva scivolare via, per lo scarico del lavandino, tutta la polvere bianca.

Era grazie a questa pratica disobbediente che si era ritrovato a essere, fra tutti, l'unico immune da quegli attacchi di narcosi?

Aveva caldo, anche lui, come tutti. Ma si sentiva bene.

E gli pareva che i suoi sensi, da quando aveva incominciato a sospettare, si fossero acuiti.

È quanto accade nelle situazioni di pericolo?

Comunque stessero le cose, non doveva mostrarsi troppo sveglio. Non più sveglio degli altri, né più vigile.

Che fosse o meno una sua fissazione, una fantasia ansiosa, un complesso di persecuzione, fosse vero o falso, era, in ogni caso, verosimile che tanta mansuetudine venisse indotta artificial-mente.

Nessuno dei suoi compagni di detenzione era così vecchio o così disperato o così rassegnato da non annoiarsi, non rimpiangere, non protestare, non pretendere.

Una sedazione progressiva era, molto probabilmente, l'unico sistema per garantirsi la pace sociale.

Certo, il caldo si era insediato umido e compatto, le stanze erano torride, l'impianto di aria condizionata era guasto e nessuno era ancora venuto a ripararlo... ma era sufficiente a spiegare quell'epidemia di inerzia?

Ed era un caso la rottura del condizionatore o si intendeva confondere i sintomi della narcosi da farmaci con il calo di energia che può generare un'estate troppo calda?

Il dubbio, il sospetto, l'assenza di riscontri, tutto lo spingeva verso un crescendo di angoscia. Più per distrarsi e sentirsi attivo che perché si aspettasse davvero qualcosa da loro, Umberto andò a cercare, di nuovo, i compagni del gruppo con cui aveva tentato, mesi prima, di raggiungere le caserme.

Visto che non erano nelle sale comuni né nel parco, decise di stanarli, di bussare alle loro stanze.

Si erano arresi o si erano offesi perché aveva ritentato la sorte da solo?

Erano tutti drogati dai farmaci o fingevano? L'avevano scaricato?

Avrebbe voluto prepararsi un discorso ben calibrato: alcune verità essenziali e, come tutte le verità essenziali, abbastanza intollerabili, intrecciate a ponderate raffiche di quella volontà di fare, il cui sottotesto è sempre un ottuso ottimismo. Un tempo era il suo colpo segreto per conquistare la supremazia in qualsiasi gruppo.

Lo sapeva ancora usare?

Forse no. Forse tutto quel tempo libero, tutta quella assenza di interesse per il campionario d'umanità a disposizione stava riducendo drasticamente le sue qualità di stratega, di leader.

Un cupio dissolvi senza nobiltà e senza grazia si stava insinuando nelle sue giornate.

Bussò, come prima tappa della ricognizione, alla porta di Enzo, l'onorevole, con poca energia, quasi sperando che non si aprisse.

Si aprì, invece.

Enzo era in mutande e non sembrava imbarazzato dalla visita inattesa. Disse che quel caldo lo uccideva, che dormire era l'unica reazione sensata e gli richiuse la porta in faccia, dopo aver biascicato qualcosa a proposito dell'aria condizionata gelida di cui godeva negli uffici suoi, quand'era senatore.

Guidobaldo e Luciano non erano in camera. O non rispondevano.

Li trovò qualche ora più tardi, nella sala video, dove un grande televisore d'altri tempi trasmetteva per loro un cartone animato sui danni del colesterolo nel sangue.

Chi entrava (era una sensazione sua o davvero tutti trascinavano i piedi?) si lasciava catturare dalle immagini dei batuffoli di grasso che rotolavano nelle rosse arterie ribollenti, sghignazzando.

Crollavano a sedere sui divanetti a due posti e assumevano la postura arresa del teledipendente. Non è facile, in chi arriva a quel punto, distinguere il sonno ipnotico dallo stato di veglia passiva indotta dal video.

Umberto valutò l'ipotesi d'intervenire spegnendo d'ufficio il vecchio arnese.

La scartò e andò in cerca della coppia gay. Forse l'esser sorretti, unici fra tutti, dalla scommessa del desiderio, li aveva vaccinati, forse uno dei due s'era insospettito del malessere dell'altro e aveva preso coscienza del rischio.

Ormai a lui pareva così evidente! Come potevano, le menti ordinatrici del Partito Unico aver pensato che, dopo sei mesi di ozio, in assenza di prospettive, centinaia di uomini non ancora piegati dal tracollo biologico, si adeguassero a quella sospensione della vita! Avevano lasciato case, conti in banca, automobili, mogli o amanti, figli egoisti e senza devozione ma pur sempre figli, avevano lasciato beni materiali e relazioni, contatti, consumi, oggetti... Chi poteva essere matematicamente certo che non si creassero vortici di risentimento in seguito a quella spoliazione?

Se fossero stati come i sessantenni del passato, avrebbero lasciato naturalmente il posto alla generazione entrante. Erano stati rottamati proprio perché troppo vigorosi. E quello stesso vigore, anche deportato in località sconosciuta, anche lusingato con un'illusione di vacanza, conteneva la scintilla che, prima o poi, avrebbe innescato un incendio. A meno che qualcuno non la spegnesse.

"Amore mio," disse Umberto, rivolgendosi alla sua compagna assente, "non credevo che mi sarei mai ritrovato nel punto di vista del ribelle. Eri tu l'indomabile, la femmina alfa che non si lascia comprimere nel destino disegnato per lei. Io ho sempre espresso la mia critica verso la società in cui ci è toccato vivere, scalandone la piramide fino all'apice, alla vetta, alla posizione dominante. Dovevo rotolare quaggiù, per diventare come te, mia dolce indemoniata."

Si ritrovò a sorridere, come se davvero le sue parole avessero evocato Elisabetta. Si scoprì a imprimere nell'aria calda del pomeriggio una specie di carezza.

E si sentì, improvvisamente, stanco, troppo stanco per continuare a cercare Giorgio e Michele.

Eppure non voleva rinunciare a parlare. Sentiva di non potersi permettere neppure un minuto di inerzia.

Doveva reagire.

Si incamminò di buon passo verso la dépendance dell'albergo dove si trovavano gli studi medici.

Il dottor Bruno stava uscendo e Umberto gli si parò davanti, impedendogli di arrivare alla porta.

"Se ne va, dottore? Stavo proprio venendo da lei."

Si rese conto di averlo colto di sorpresa. Aveva le spalle chiuse, l'andatura curva di chi non è sottoposto allo sguardo valutativo degli altri.

Trasalì, nell'incontrare Umberto, nel vederselo così vicino e così aggressivamente deciso e ostacolargli l'uscita, ma non fu abbastanza rapido nel resettare l'espressione del viso.

Era, eccezionalmente, senza occhiali scuri.

E Umberto improvvisamente ricordò a chi rassomigliava.

Al professor Muller. Aveva lo stesso taglio degli occhi, obliquo, felino, orientale. E l'iride di un celeste trasparente.

Non aveva mai visto uno sguardo così simile a quello che gli ricordava il primo successo della sua vita.

Il professor Muller insegnava estetica. Bocciava quasi tutti, senza alzare la voce, senza biasimo, con rispetto, quasi con dolcezza. Aveva assegnato a Umberto l'unico trenta e lode della sua carriera di accademico. Gli aveva detto: "Lei, Delgado, è il solo essere umano, fra quelli ricoverati in queste stanze, per cui ha senso che io continui a insegnare. Mi consenta di ringraziarla." Poi si era alzato, era passato dall'altra parte del tavolo e aveva abbracciato Umberto, che aveva vent'anni e non sapeva quale fosse il gesto adeguato ad accogliere quell'esibizione di familiarità.

Roberto Muller era una leggenda, all'Università la Sapienza. Era sua ferma convinzione che la classe dirigente di un paese dovesse essere composta da una magra schiera di superdotati. Tutti gli altri dovevano identificarsi positivamente con il ruolo di ingranaggi della macchina sociale.

Era stato contestato con vigorosi schiamazzi, ai tempi in cui l'idea alla moda era la scuola di massa, la liberalizzazione dell'accesso, il voto politico. Umberto era arrivato una decina d'anni dopo, quando la scuola di massa non era più un'idea ma una realtà. Muller aveva continuato imperturbabile a selezionare a modo suo la classe dirigente. Umberto l'aveva difeso, prendendosi la sua parte di odio.

Ed erano diventati amici.

Improvvisamente ricordò tutto, tutto quello che aveva rimosso, con l'opportunismo dell'oblio.

Non era sparito con tutti i vecchi, Roberto Muller. Si era tolto la vita.

La notizia gli era arrivata agli albori della incruenta rivoluzione che aveva sancito il potere dei trenta-quarantenni.

Non lo vedeva da anni.

Non l'avrebbe mai dimenticato.

E ora, sul viso senza rughe del direttore sanitario, erano riapparsi quegli occhi di cristallo e di ghiaccio.

Era così colpito dalla rivelazione che non riusciva ad ascoltare quello che il dottor Bruno gli stava dicendo.

Lo seguì nello studio.

"Si accomodi pure," lo sentì dire e riattivò il contatto col presente.

Il dottore aveva aperto la porta con una chiave, aveva riacceso la luce e ora gli indicava la sedia restando in piedi, di nuovo rivestito di quella cortesia venata di superiorità, contemporaneamente inappuntabile e irritante.

"Ho cambiato idea," disse Umberto.

Il dottor Bruno lo guardò in modo interrogativo.

"Rispetto al suo consiglio di assumere qualche farmaco antidepressivo."

Voleva gratificarlo, voleva trattenerlo, voleva compiacerlo.

Lo ascoltò, perciò, esibendo l'umile, spasmodica attenzione del paziente davanti alla parola dell'illuminato.

Si lasciò misurare la pressione, rispose con rigore a ogni domanda sulle sue trascorse malattie fino a consentire una anamnesi quasi perfetta.

Il dottor Bruno gli consegnò una boccettina, nel prenderla Umberto disse, con un tono assolutamente privo di pathos: "È compatibile con i calmanti che ci ammannite a cena tutti i giorni?"

"Quali calmanti? Quelli che assumete ai pasti sono integratori alimentari."

Umberto ruppe in una risatina nervosa.

"Perché mi prendi per il culo, dottor Muller?"

Era un rischio, ma aveva bisogno di una riprova. E la ebbe, sulle guance troppo lisce del dottore si formarono due macchie color fucsia.

"Non Gaetano Bruno, Bruno Muller. Bruno. Mi ricordo perfettamente di te, quando arrivavo a casa di tuo padre ti sentivo suonare il pianoforte. Entravo nello studio e restavo ad ascoltarti. Tuo padre era in salotto con te. Lo studio e il salotto erano divisi da una porta a vetri, vedevo l'ombra dei 7ostri corpi. Quando il pianoforte taceva, tuo padre mi raggiungeva nello studio. Certe volte canticchiava uno dei temi della sonata che avevi appena concluso. Avevi talento e lui era fiero di te. Io avevo diciannove anni. Tu ne avevi quindici, o forse quattordici. All'epoca erano tanti, quattro o cinque anni di differenza, tu eri poco più che un bambino, io ero uno studente universitario... adesso siamo praticamente coetanei."

Dopo quella vampata di emozione, Bruno parve aver ripreso il controllo.

"Una costruzione delirante, direi. Perché non va a fare due chiacchiere col professor Santangelo? Le farebbe bene anche per la depressione, oltre che per le fantasie persecutorie. E adesso, se non le dispiace, vorrei andare a casa, sono al lavoro da questa mattina alle otto."

Umberto non accennò ad alzarsi.

"La prego, signor Delgado..."

"Dove abiti Bruno? Fuori da questa gabbia, immagino. Hai una moglie giovane, no? Ti hanno fatto un bel lavoro: non una grinza. I capelli non sono venuti bene ma la carnagione è potente..."

Il dottore, senza smettere di guardare Umberto, che restava seduto e continuava il suo monologo, suonò un campanello. Non era posizionato sopra il tavolo, bensì sotto, per essere utilizzato di nascosto. Il gesto era violento e scontato, Umberto sentì una punta di malinconia. Come se la puerilità della situazione gli avesse tolto ogni gusto. Ma anche ogni cautela.

Si alzò di scatto e si buttò addosso al dottor Bruno con tutte le sue forze. Picchiava a vanvera, senza una strategia, senza prendere la mira, come se tutti i sospetti, le paure e le umiliazioni di quei mesi gli circolassero nel sangue raddoppiando la sua forza. Come anabolizzanti.

Bruno barcollò, cadde all'indietro e, quando fu a terra, Umberto gli montò addosso, stringendogli il busto fra le gambe. Bruno provò a dargli un pugno e Umberto gli bloccò il polso e gli inchiodò il braccio teso al pavimento. Prima che due agenti della sorveglianza interna lo strappassero da quella posizione di temporaneo predominio, era riuscito a sfilare il cronosmartphone al dottore e a farselo scivolare nei pantaloni.

13.

Il cinguettio che segnalava l'arrivo di un messaggio video interruppe Elisabetta nel pieno di una di quelle perorazioni per cui era famosa in tutto il settore Tempo libero.

La sala era piena. Le poltroncine erano occupate e una doppia fila di ritardatari se ne stava affastellata sul fondo.

Accanto a lei, che parlava in piedi davanti al microfono, il giovane Genna, anche lui in piedi, anzi, sull'attenti, annuiva solenne.

Elisabetta sfiorò il cronosmartphone per silenziarlo e continuare il discorso, stava presentando la sua ultima creatura (*My Memory*, per "viaggiare dentro la vita") davanti a una platea di Pivì (primi venditori).

"È molto semplice," disse, "è alla portata dell'eccelsa modestia dei bambini. Indipendentemente dall'età, ciascuno di noi possiede un patrimonio personale di passato. Siamo titolari di tutti i capitoli della nostra storia. È una ricchezza che non si può accumulare che vivendo. Ma una lunga vita è patrimonio degli anziani, e noi vogliamo lavorare per i giovani. Per voi. I vostri ricordi quanti sono? E di che qualità? Che cosa è rimasto davvero impigliato nella rete della vostra coscienza trasformandosi in vissuto? Poco, soprattutto per i più estroversi, i più dediti all'esercizio della disattenzione, è rimasto poco, quasi niente. Eppure, quando vogliamo corteggiare una ragazza, quando vogliamo farci belle agli occhi di un uomo, renderci interessanti, che cosa facciamo? Incominciamo a raccontarci, a raccontare la nostra storia. A dirci, l'un l'altra, io sono così, vengo da questa famiglia, da questa città, da questa memoria. Non tutti sono dei bravi narratori di se stessi. Narrare è un'arte, meglio, una predisposizione. Ma noi, noi che gestiamo i proventi della TMC (Tassa marginale culturale), vogliamo mettere tutti in grado di raccontarsi, di sedurre attraverso la memoria e la storia personale individuale, vogliamo regalare a tutti un passato chiaro e leggibile, un passato affascinante da condividere, vogliamo mettere in grado di parlare di sé con ricchezza di dettagli narrativi anche quelli che non ricordano niente, che non si sono mai guardati dentro e non hanno, di sé, altro che percezioni fisiche, il caldo, il freddo, la fame, la sete, la soddisfazione della fame, la soddisfazione della sete, il piacere del corpo, il dolore del corpo. A queste persone noi forniamo una possibilità di intelligenza a scopo seduttivo o ricreativo, cui non potrebbero mai attingere senza il nostro *My Memory*. Per chi non è interessato alla seduzione a mezzo parola, offriamo comunque un piacevole viaggio in una vita inventata. Può decidere di farla sua così come la proponiamo nel menù principale o modificarla scegliendo fra le varie possibilità di svolta del menu *sliding doors*. Ed è facile da utilizzare. La indossi come un casco integrale da motociclista."

Elisabetta guardò Genna, che le restituì un sorriso radioso.

Una ragazza incinta dai lunghissimi capelli rosso Tiziano salì sul palco reggendo un esemplare di *My Memory*. Genna, dopo averle carezzato il ventre, suscitando un applauso commosso, le infilò il casco.

Le luci in sala si spensero.

"Ecco," disse Elisabetta, "adesso vedrete sui vostri crono-smartphone personali quello che la nostra graziosa Cornelia sta ricevendo e immagazzinando nella sua mente."

Elisabetta sedette sulla sua poltroncina, mentre in sala si diffondeva, insieme al buio, un silenzio animato da sospiri, risate e piccole frasi di approvazione o spavento.

Guardò il suo cronosmartphone. Doveva riaccenderlo per seguire, con gli altri, il patrimonio di ricordi che stavano fornendo a Cornelia una vita interiore o doveva lasciare tutto spento e andarsene? Lo conosceva bene, il *My Memory*, c'era di tutto, dalla prima volta che, navigando nel liquido amniotico, avevi sentito la voce di tua madre al trauma di terza elementare quando uno sconosciuto ti aveva toccato il sederino in ascensore. E poi la prima gara di salto con l'asta, il primo bacio, la prima delusione...

Decise di non riconnettersi. Non ancora.

Era soddisfatta del suo brevetto, della sua capacità di farlo approvare al Consiglio superiore della comunicazione, di trovare i soldi per produrlo, di lanciarlo sul mercato.

Era soddisfatta e contemporaneamente non gliene importava niente. Dato che niente poteva trattenerla nel mondo o restituirle Umberto.

Si alzò dalla poltroncina.

Bisbigliò nell'orecchio di Genna: "Vado a sbrigare un paio di telefonate. Vuoi fare tu le conclusioni?"

Genna annuì felice.

La quasi anziana Elisabetta stava incominciando a destinargli oneri e onori.

Un bravo capo. L'avrebbe detto a chi di dovere. Si sarebbe proposto per recitarle lui il discorso di commiato. Anche se era un maschio.

Certe volte, in mancanza di discendenti dirette di sesso femminile, si derogava alla regola.

L'avrebbe scritto lui, l'avrebbe recitato.

E sarebbe stato un gran bel discorso.

Benedetto da quel tasso di sincera amicizia così difficile da inserire nel testo, quando detesti l'anziano che ti sta davanti e vorresti vederlo morto.

"Va' tranquilla, Betty, ce la caviamo."

Elisabetta sgusciò fuori dalla sala con un senso di sollievo e di resa.

Si stava staccando.

Ed era giusto così.

Raggiunse il suo ufficio, all'ultimo piano.

Non c'era nessuno, le sue assistenti erano già andate via.

Erano le nove di sera.

L'idea di tornare a casa, chiudersi nella sua stanza con il Pollock da guardare e un romanzo da leggere, l'idea di mangiare un panino a letto per non interferire con la vita coniugale di suo figlio le provocava un senso di sconforto.

Cenare al cinema?

Per guardare che cosa offrivano nel menù i resto-movie della zona riaccese il cronosmartphone.

Fu allora che lo vide, vide, sul suo schermo da polso, il volto di Umberto.

Era pallido, e portava il segno, sull'occhio sinistro, di un grosso ematoma. Aveva un labbro spaccato. E gocciolava sangue parlando.

Il cuore prese a staccare battiti lenti e forti, le pareva di sentirne i tonfi.

Alzò il volume al massimo.

Umberto bisbigliava: "Amore mio... non è come credevamo.

Ci stanno drogando. Non piangere. Non mi dispiace morire, a questo punto. Ma tu... mettiti in salvo. Ti amo."

Provò a richiamare. A chiunque avesse chiesto un crono-smartphone a vasto raggio, forse lo aveva ancora.

Ma lei aveva perso tempo, non aveva visto subito il messaggio. Erano passati almeno cinquanta minuti, e ora il dispositivo era muto. Muto. Nessun segnale. Come se l'apparecchio fosse stato distrutto.

Non fu facile dominare l'angoscia. Né smettere di riascoltare la voce di Umberto, di fissare quel viso smagrito, segnato. Non piangere. E come si fa. Piango invece.

Piango. Umberto, Umberto, Umberto, Umberto. Piango e ripeto il tuo nome.

Spossata dall'emozione, Elisabetta appoggiò la testa sulla scrivania, gli ultimi singhiozzi a scuotere spalle ormai rilassate nel tentativo di non opporre resistenza, di lasciarsi trasportare dalla paura. Non si mosse da quella posizione neanche quando sentì bussare. Non si mosse e non disse una parola. Qualcuno abbassò la maniglia.

"Elisabetta sei lì?"

La voce di Genna. Elisabetta si ricordò di aver chiuso la porta a chiave prima di consegnarsi alla disperazione.

Nascose il cronosmartphone nel cassetto, si soffiò il naso.

Cercò un tono neutro: "Vieni pure, Genna."

"È chiuso a chiave."

"Non volevo che quelli delle pulizie venissero a rompere le palle."

Aprì, provando a mettere insieme un succedaneo di sorriso.

Genna incominciò a dire delle ottime reazioni dei Pivì alla presentazione di *My Memory*, poi si interruppe.

"Bettina, che ti è successo?"

Meno di un'ora prima era stata il solito fulmine di guerra, una talmente brava che se la sognava la notte, terrorizzato dall'idea di non essere all'altezza del suo elevatissimo standard di comunicazione e adesso... occhi gonfi, rossa in faccia, il trucco sciolto...

Elisabetta si passò una mano sul viso, come per cancellare quello che non doveva essere visto.

"Niente. Un attacco di mal di testa, mi è già successo, è molto violento. Ti fa piangere per il dolore. Non guardarmi, ti prego, sono un mostro..."

Sorridere, civettare, fingere.

Quando avrebbe voluto picchiarlo.

"Hai indagato sulla genesi del malanno?"

Assumere un'espressione educatamente preoccupata, informarsi, consigliare.

Anche lui stava facendo la sua parte. E lei gli avrebbe semplificato le procedure.

"Sì. Devo fare degli accertamenti."

"Ma prima stavi bene, hai fatto un signor speech, roba da Oscar."

"Mi ero fatta dieci cc di Buscoril. Ma poi l'effetto è passato... e, sai com'è, per qualche ora devo sopportare stoicamente, devo far passare un tot di tempo prima di drogarmi di nuovo..."

Si infilò la giacca leggera sull'abito senza maniche. C'erano 30 gradi, nonostante l'ora, l'aria condizionata era al minimo, eppure sentiva freddo.

"Ti accompagno a casa. Non puoi guidare in questo stato."

Elisabetta accettò di buon grado, restò con gli occhi chiusi, sul sedile del passeggero, mentre Genna si esibiva nel ruolo del buon figliolo, in pena per la salute dell'anziana.

Alla fine decise di premiarlo dicendogli che, comunque andassero gli accertamenti, lei avrebbe lasciato prima del tempo.

Era stanca e pensava che lui fosse maturo per sostituirla anche subito.

Dopo le proteste di rito, Genna insistette per accompagnarla fin dentro casa.

Era raggiante.

Lodò il giardino che profumava di frutta e fiori sfatti dal sole. Disse qualcosa a proposito delle rose rosse che non perdono mai il loro smalto, poi, siccome sull'amaca dondolava indolente Federica, con i capelli che strisciavano sul brecciolino e la pancia nuda, concentrò su di lei il suo entusiasmo.

"Sei l'immagine della dea della fertilità," disse, "tonda magra e bionda."

Poi si avvicinò all'ombelico di Federica e disse: "Il fratellino mamma te lo fa con me, vedrai, viene carino."

Elisabetta approfittò di quel duetto per guadagnare la sua stanza.

Appena si fu chiusa la porta dietro le spalle, tirò fuori dalla tasca il telefono, guardò ancora una volta il viso di Umberto, poi compose il numero di Matteo.

Suonava a vuoto.

Non era in casa, non era a portata di voce.

Federica, la sentì affacciarsi in cima alla scala, stava ancora flirtando con Genna, in giardino. La porta, come tutte le porte e tutte le finestre della villa, era aperta: "Bambino non la vuole l'aria condizionata, l'acqua mamma nella pancia-piscina diventa fredda." Perciò niente aria condizionata. La corrente muoveva appena l'atmosfera. Elisabetta non riusciva a tornare nella sua camera. Aveva bisogno di parlare con Matteo. Era disposta a scendere e a chiedere notizie a Federica. Lui non si muoveva mai senza dirle dove era rintracciabile, da quando era iniziata la gravidanza: "Bambino vuole sapere sempre dov'è papuccio."

Incominciò a scendere la scala, lentamente. Le pesavano le gambe. Sentì le risate cristalline di lei, il falsetto di lui, che stava prendendo in giro la sua giovane moglie, a beneficio di questa nuova possibile compagna di letto. L'avrebbe incluso nella sua lista di partner, Federica?

Sarebbe stato invitato a casa nelle sere in cui Matteo aveva voglia di fare altro?

Appena la vide affacciarsi al giardino, Federica disse:

"Se ti stai chiedendo dov'è tuo figlio, cara suocera, te lo dico. È al lavoro. Con il Líder Máximo. Inaugurano la casa del bebè, annessa lavanderia stireria, discoteca palestra, bum-bum bar, scuola dei padri, scuola delle madri e megastore. Ci credi? Il nostro Matteo introduce! Fa un primo discorso piccolino e poi il Líder fa quello grande. Non sei arci-stra-ultra orgogliosa di lui?"

"Arci-stra," disse Elisabetta.

"Ti senti meglio, capo?" chiese Genna.

Elisabetta annuì.

"E tu come mai non sei andata con lui?" chiese a Federica.

"Volevano solo bambini già scodellati. È un party per puer-pere. Pancia free."

Genna le carezzò il ventre nudo, sotto la cui sferica mole sparivano dei calzoncini cortissimi di raso blu. Sopra indossava soltanto un reggiseno da ginnastica con i cuoricini.

"Appena sgravi vieni a fare un colloquio da noi. Potresti gestire il settore Tempo libero per giovani mamme. Che ne dici capo?"

"Il capo sarai tu, quando Federica avrà sgravato..."

Federica le dedicò un breve e secco applauso.

Genna la guardò scandalizzato e divertito. La ragazza era

davvero magnifica, così spontanea nel suo egoismo, così anima-lesca. Sentì una punta di desiderio.

Erano così, loro, così dovevano essere le loro donne. Le ragazze, i ragazzi, tutti. Ambiziosi, leggeri, liberi dalle pastoie di ogni possibile responsabilità emotiva.

"Ripensaci, capo, hai ancora quattro anni per farmi trottare."

Elisabetta sorrise, stanca.

La stanchezza era esattamente la maschera che voleva esibi-re, voleva che Genna la vedesse svenire, che si precipitasse a raccoglierla, che Federica chiamasse Matteo e tutti insieme la accompagnassero in qualche clinica per disadattati fisici.

Pensò di lasciarsi cadere. Le pesava la testa.

Le sarebbe costato pochissimo piegare le ginocchia e acca-sciarsi.

Si drizzò invece, con uno sforzo performativo estremo, in tutta la sua statura, e, interrompendo il diluvio di affettuosità che la sua promessa di scomparire anzitempo aveva provocato, augurò la buona notte e si diresse verso la sua camera.

Erano le quattro del mattino quando sentì i passi di Matteo salire la scala. Aveva dormito d'un sonno così inconsistente che Umberto era riuscita soltanto a pensarlo, senza poter attingere alla solida incoscienza del sogno.

Si alzò dal letto con un balzo.

Spalancò la porta della camera.

Matteo fischiettava e dondolava la testa, come se gli stesse tornando alla mente qualcosa di gradevole, una musica, delle frasi.

Si accorse di lei, che stava immobile a fissarlo inquadrata dal vuoto della porta aperta, dopo aver salito l'ultimo scalino, quan-do se la trovò davanti.

"Ehi, che ci fai sveglia a quest'ora?"

Elisabetta si rese conto che non poteva parlare.

Non poteva dire: stanno drogando tuo padre. Né niente di simile.

Sentì una lacrima scendere lenta ad attraversarle il viso.

D'istinto, Matteo l'abbracciò. Inquieto, stupito. L'aveva vista arrabbiata, anche furente, determinata a protestare e anche a vendicarsi, ma patetica mai. Era il tipo di donna che non piange.

"Mamma, no... no no no," disse, facendola dondolare nell'abbraccio, come se volesse addormentarla lì, mentre erano in piedi tutti e due avvinghiati sul limitare della camera da letto.

"Che succede, eh? Quali fantasie sinistre ha partorito il tuo eccesso di immaginazione?"

Elisabetta si sciolse dalle braccia di suo figlio, anche se avrebbe voluto rimanere lì a godersi il contatto con quel corpo che era uscito dal suo corpo e che era, da tanti anni, così più grande di lei. Più grande più sano più forte.

Coraggiosamente, si asciugò le lacrime con il dorso della mano, come per mettere fine a un discorso sgradevole.

"Niente," disse, in un sussurro, "brutti sogni."

"Lunedì ti prendo appuntamento con il dottor Bizzarri. È il più intelligente. Anche a papà piaceva..."

Nel sentire quella parola, papà, Elisabetta provò un momento di rabbia incontenibile.

Come a una frustata, reagì ringhiando.

"Non nominare tuo padre! Non nominarlo! Sta' zitto!"

Matteo la guardò serio, era sorpreso, ma anche irritato. Tentava di restare aggrappato allo stupore, per non diventare aggressivo.

"Va' a letto mamma. Secondo me hai bisogno di aiuto, se vuoi fare di testa tua come sempre, è okay. Ma non prendertela con me. Non è colpa mia se sei stata separata da... tuo marito. Non sono io che scrivo le leggi. Fra quattro anni sarete di nuovo insieme."

"Dove?" chiese Elisabetta, con una durezza che Matteo non aveva mai sentito.

"Ma non lo so! Lo sai benissimo che non lo so... Che importanza ha? Te lo diranno..."

Si sentiva insicuro, sul tema. In effetti gli era parso che tutto quel mistero sulla destinazione dei neoanziani, fosse inutile, vessatorio. E anche pericoloso. Rischiava di innescare vortici di contestazioni superflue quanto perniciose.

Quando era così chiaro, così geometrico, così logico, il loro progetto: costruire una polis parallela per chi aveva già vissuto, in questa, ben tre volte vent'anni. Era un adeguamento dell'organizzazione sociale all'allungarsi della vita umana.

Ne aveva parlato con Umberto, ne aveva parlato con il suo capo prima che lo ritirassero e con i genitori dei suoi amici, ne aveva parlato con i suoi pazienti finché aveva lavorato in trincea, al servizio del cambiamento... nessuno l'aveva mai guardato con il cocktail di malinconia e ferocia che accendeva gli occhi di Elisabetta in quel momento.

Provò a restituirle lo sguardo. E il silenzio. Anche lui sapeva parlare tacendo. L'idea era quella di far trasparire soltanto la tristezza che sua madre gli stava procurando, ma non era sicuro di riuscirci.

Forse aveva lasciato trapelare il fastidio per quella contrapposizione fuori luogo.

E adesso, negli occhi di sua madre, la malinconia aveva preso il sopravvento sulla ferocia. La malinconia e la delusione.

Lo guardava così quando i suoi risultati scolastici non erano all'altezza delle attese. In filosofia, italiano, storia. Il resto non aveva importanza.

"Buona notte, mamma," disse andandosene, ma lei lo trattenne, gli afferrò un avambraccio e lo strappò tirandolo verso la camera da letto con un'energia imprevedibile.

"Aspetta. C'è una cosa che devi vedere," disse.

E gli mise in mano il suo piccolo schermo da polso.

Con il volto tumefatto di suo padre in primo piano.

14.

"La cosa più difficile è misurare il tempo," pensò Umberto. Poi pensò: "La seconda cosa più difficile è sconfiggere lo sgomento." Sceglieva le parole con cura maniacale. Lavorava indefessamente, nelle fasi di veglia, a organizzare quella conversazione segreta, muta, senza interlocutori. Quando era lucido pensava a Elisabetta. Quando stava per perdere o riacquistare i sensi gli si parava davanti sua madre, che era morta prima che lui compisse vent'anni, e avendone, lei stessa, soltanto quarantadue. Aveva lasciato un vuoto modesto nella sua vita di ragazzo, se ne era fatto una colpa molto a lungo. In quello stato di prigionia e malattia, finalmente, era ritornata e lo tormentava con i suoi corti capelli biondo platino, i suoi fianchi larghi, un certo vestito a fiori verdi che indossava la domenica. Si era sentito molto precocemente più evoluto di lei, più affascinante, più intelligente, più colto. E anche suo padre gli era parso, troppo presto, un omuncolo, uno qualunque. Per non dover fare i conti con quel senso di superiorità molesto, se n'era andato di casa a diciassette anni, finendo in anticipo il liceo. E subito aveva iniziato a lavorare all'oblio, voleva dimenticare quei due che gli sembravano vecchi, superati, grotteschi.

E ora, steso su una brandina, in un loculo che non poteva

essere più di due metri per uno e mezzo, ricoverato in una infermeria, o recluso in una cella, quei genitori dimenticati bivaccavano muti nella sua intermittente incoscienza.

Li aveva sognati di nuovo.

Questa volta tutti e due. Provò a sedersi sul letto, con un senso di nausea. Aveva la bocca amara.

I pasti, glieli portavano su un vassoio.

Una specie di gorilla in calzoni e casacca bianchi restava ad aspettare che mangiasse. Minestra e formaggio a pranzo. Riso bollito e formaggio a cena. La mattina caffelatte.

Sapeva bene che il sedativo era sciolto nella minestra, impastato nello stracchino o nel riso. Il gorilla restava a controllare che mangiasse, fino all'ultimo boccone.

Non parlava. In piedi, la schiena appoggiata alla porta, vigilava.

Eppure, quei tre appuntamenti, Umberto si scoprì ad aspettarli, e poi a ingegnarsi per farli durare. Masticava tutto lentamente, sperando, anche se non osava ammetterlo neppure con se stesso, che il gorilla dicesse qualcosa.

Anche adesso stava aspettando.

Si alzò. Dietro una tenda grigia, in una rientranza della parete, c'era un gabinetto chimico, di quelli che si trovano sulle roulotte o sulle barche.

Provava, ogni volta che un'esigenza corporale lo spingeva in quel buco, un senso di umiliazione.

Desiderava una doccia e l'aria pulita del giorno, più di quanto avesse mai desiderato qualunque fortuna in tutta la sua lunga vita.

La sua cella era al piano seminterrato. Il suo solo passatempo era guardare i piedi delle persone libere di camminare, calpestare il selciato all'altezza dei suoi occhi.

Vide gli zoccoli bianchi traforati che annunciavano l'arrivo del gorilla.

Lentamente, incerto com'era sulle gambe dopo un periodo di immobilità che non era mai riuscito a calcolare, tornò a stendersi sul letto.

Aveva maturato una modesta furbizia da internato, fingere di dormire gli pareva una misura cautelare necessaria, perché non correggessero il tiro, perché non aumentassero le dosi dei sedativi.

Si sistemò, come sempre, faccia al muro, coricato sul fianco.

Sentì la chiave girare nella toppa. Il profumo del caffè. Il rumore degli zoccoli sul pavimento.

Aspettò il ruvido risveglio che gli imponeva il gorilla, una manata sulla schiena.

Un secondo, due secondi, un minuto... eppure l'odore della colazione era inconfondibile.

Si voltò adagio, non potendo resistere oltre alla curiosità, per quella variazione del rituale.

Il caffelatte era lì, sul vassoio di plastica, ma a reggerlo erano due manine femminili guantate di bianco.

"Buongiorno, signor Umberto," disse la giovane infermiera.

Aveva un visetto così infantile da comunicare l'impressione che l'impeccabile uniforme indossata fosse un costume di carnevale.

Accanto alla tazza del caffelatte c'era un piattino con una grossa fetta di torta.

"Questa mattina deve mangiare qualcosa di solido, qualcosa di dolce, questa mattina ci alziamo e dobbiamo essere forti."

Sorrideva, gli sprimacciava il cuscino, apriva la finestra.

"C'è cattivo odore qui dentro."

Rideva.

Diceva: "Mi scusi," mettendosi la manina davanti alla bocca.

Aveva un nasino corto e grassoccio, le fossette sulle guance.

Era piccolina e ben fatta.

Diversa dal modello di bellezza che Federica incarnava con consapevole perfezione, non era una sventola, era graziosa. A guardarla veniva voglia di sedersela in braccio.

"Che cosa ho fatto per meritarmi questa celestiale sostituzione?" disse Umberto.

E fu il primo a stupirsi di avere ancora una voce, anche se roca.

La ragazza rise, gli tese la mano, si presentò: "Mi chiamo Elisabetta, ma tutti mi chiamano Bettina, Walter Masi è andato in ferie."

Umberto le strinse la mano chiedendosi se stesse, per caso, sognando.

Betty lo fece alzare.

"Adesso andiamo a farci una bella doccia."

Umberto pensò che avrebbe potuto svenire per la gioia. Barcollò e Bettina, più piccola di lui di venti centimetri, dando prova di una imprevedibile robustezza, puntellò il suo lungo corpo smagrito impedendogli di cadere.

"Vogliamo sederci un momentino?"

Umberto scosse la testa, e si lasciò accompagnare fuori dalla stanza.

Vicino alla ragazza, che l'aveva invitato a tenerle un braccio sulle spalle e lo sosteneva, si sentì sporco e indecente.

Aveva addosso una lunga camicia aperta dietro, non aveva biancheria e i piedi, negli zoccoli bianchi che Bettina gli aveva portato, erano nudi.

Percorsero, in silenzio, un lungo corridoio illuminato da fioche sbarre di luce gialla, parallele al soffitto.

"Dove siamo?" chiese, mentre Bettina lo faceva entrare in una grande stanza piastrellata di bianco con venti docce a parete.

"Caserma numero sette. Infermeria."

Il getto d'acqua calda gli strappò un sospiro di sollievo assoluto. Pensò che la felicità è questa interruzione del disagio. Non c'è felicità se non si riceve, prima, la propria quota di sofferenza.

La felicità è una funzione del dolore.

Poi non pensò più niente, Bettina si era spogliata, era sotto la doccia con lui e gli stava insaponando, con delicato vigore, il basso ventre.

La sala da pranzo, dove fu accolto con un applauso, non compatto ma abbastanza partecipato, sembrava diversa. I commensali ridevano e scherzavano, sopra il tavolo le pale di un ventilatore muovevano l'aria, il sole del mezzogiorno investiva le camicie bianche trasformandole in macchie di luce, le epidermidi di visi perfettamente sbarbati profumavano di acqua di colonia.

Umberto si chiese se avessero sostituito, nelle capsule, i sedativi con qualche euforizzante o se tutto quel ciarlare vestiti a festa fosse il visibile effetto collaterale dell'ingresso delle cameriere.

Erano tre, più due bariste e una pianista cantante che animava il piano bar.

Erano tutte molto simili all'infermiera che, dopo avergli provocato una erezione sotto la doccia, aveva dato soddisfazione a quella meccanica del corpo con una prestazione praticamente perfetta di sesso orale e poi l'aveva riaccompagnato in albergo, al volante di una minicar elettrica, chiacchierando e cinguettando come una nipotina premurosa e sfrontata.

Erano, le cameriere, tutte piccole, minute, con visetti infantili.

Potevano avere vent'anni, ma anche diciassette.

Indossavano grembiulini rosa da scolare appena sopra il ginocchio, e ostentavano una letizia artificiosa quanto contagiosa.

Quel plotone di sessantenni intontiti dai farmaci, infatti, sembrava rinato a nuova vita.

Umberto si chiese se avessero ricevuto trattamenti d'igiene personale simili al suo.

Provava un misto di divertimento e umiliazione. Apparteneva anche lui al genere maschile. Prevedibile, ricettivo.

E non poteva negare di aver provato una sensazione di selvaggio benessere nell'eiaculare sotto il getto dell'acqua calda con una ragazza inginocchiata davanti.

Mangiò con appetito, contento, nonostante tutto, di essere vivo.

La sua assenza, se ne accorse quasi subito, era stata presentata come una brutta influenza che aveva richiesto isolamento e che aveva costretto tutti gli altri ospiti dell'hotel a un vaccino preventivo.

Decise di non smontare la versione ufficiale. Eppure non riusciva a crederci. Appena aveva ripreso possesso della sua stanza, davanti allo specchio del bagno aveva visto una vasta ecchimosi viola che dall'occhio scendeva verso lo zigomo sinistro.

Era caduto? Era stato picchiato?

Non c'era verso di coprire con una sequenza di fatti quel periodo di buio. E in un certo senso, anche se gli costava ammetterlo, non ne aveva il coraggio.

Era in atto, o almeno così gli pareva, una scissione fra la sua mente, che continuava a essere critica e libera, e il suo corpo, incatenato all'obbedienza e alla cautela dal terrore di essere di nuovo imprigionato, manipolato, sedato, privato del conforto minimo necessario alla vita umana. Acqua calda, aria aperta, dieta varia, un bicchiere di vino...

"Sì," disse affrontando, con tutta la cortesia necessaria, l'attenzione di Enzo e Guidobaldo, "ho avuto la febbre alta. Ricordo poco."

"Sei scomparso per otto giorni," disse Enzo.

"Otto giorni," si scoprì a ripetere Umberto.

"E tornando fra noi hai trovato questa bella sorpresa."

Guidobaldo ammiccò in direzione delle cameriere, che stavano sparecchiando e sgridavano chi si era attardato a tavola, con la dolce finzione di severità che si riserva ai bambini molto piccoli.

Alcune avevano un accento straniero, potevano venire dall'Albania o dalla Romania.

"Le cambiano tutti giorni," disse Enzo, sorridendo senza allegria, "come i fiori nei vasi."

"Sono allieve della scuola alberghiera di una città qui vicino," precisò Guidobaldo, "devono imparare a servire in un locale di classe, fra gente distinta. La mia sapeva tutto di me, perfino la mia parentela con la contessa Malatesta."

"La mia? In che senso la tua?" chiese Umberto, anche se aveva capito benissimo.

L'idiota doveva essersi fatto un giro con una delle cameriere e moriva dalla voglia di raccontarlo.

"Katia, quella con gli occhi nocciola e due tettine che stanno nella mano, giuste giuste... sapeva che produco vino e anche bollicine."

"Evidentemente le preparano prima," disse Umberto, "discorsi da fare, discorsi da evitare. Non siamo esattamente quello che sembriamo."

La frase creò quell'intervallo di sconcerto di cui Umberto aveva bisogno per potersene andare.

Si era ripromesso di essere comunicativo, cordiale, cortese, dialogante, ottimista, tanta era stata l'angoscia della segregazione, ma si sentiva ancora debole. Negli altri si specchiava degradato, e forse era sempre stato così, ma prima del ritiro poteva far leva sui suoi superiori risultati nell'ambito del lavoro, era la livella che non sopportava. La malattia, la reclusione, la morte vanificano ogni tentativo di pensarsi diversi.

Salutò tutti con un sorriso e provò ad andarsene, ma Enzo lo trattenne.

"Aspetta... dove vai?"

"Dal dottor Bruno, ha detto che dovevo farmi rivedere da lui prima di considerarmi guarito."

Enzo gli rifilò uno sguardo scuro, sospettoso.

"Quando te l'ha detto?"

Umberto scosse la testa, chiedendosi perché l'accento fosse stato posto così nettamente sulla parola "quando".

Non ricordava. Non sapeva quando l'aveva visto per l'ultima volta, però era certo che era l'ultima persona con cui aveva parlato, prima di essere ricoverato. Non ricordava neppure la meccanica del suo ricovero, ma il dottor Bruno c'entrava. Si era svegliato su una branda, in una specie di cella, ci aveva passato del tempo, tempo che non sapeva quantificare.

Per non ammettere quell'amnesia così vicina ai confini della demenza, mentì:

"Quando è venuto a visitarmi."

"Quando," disse di nuovo Enzo, senza alcuna sfumatura interrogativa.

"Ma non lo so... ieri, ieri l'altro."

Guidobaldo e Enzo si scambiarono un'occhiata complice.

Enzo si strinse nelle spalle, fu Guidobaldo a parlare: "È morto, il dottor Bruno. Già da parecchi giorni. Un incidente stradale, poco lontano di qui. È morto subito dopo che tu sei stato ricoverato in infermeria, reparto contagiosi."

15.

Matteo si presentò al Palazzo dello sport acquatico in orario perfetto. Gli avevano detto "non oltre le sette del mattino" ed erano esattamente le sei e quarantacinque. Infilò la tessera magnetica in una fenditura per aprire un portone, attraversò un cortile, strisciò la seconda tessera contro una porta a vetri, percorse un corridoio che gli parve lunghissimo. Scese, come gli avevano spiegato, due rampe di scala mobile e arrivò a una saletta profumata di menta e cloro. Al tavolo del ricevimento sedeva una ragazza molto bella, fasciata in un body azzurro che la conteneva tutta, dal collo fino ai piedi, mettendo in risalto una muscolatura delicata ma scolpita da migliaia di ore di esercizio fisico.

"Sono Matteo Delgado," disse, cercando di non guardarla.

"Benvenuto, Matteo," disse la ragazza, con una voce metallica che sembrava registrata, "lo spogliatoio per gli ospiti è la terza porta a sinistra. Lì c'è tutto quello che ti serve."

Matteo si ritrovò in una stanza tappezzata di specchi. Su una panca c'erano un paio di slip piuttosto succinti, delle ciabattine di plastica e una cuffia.

Si spogliò, indossò gli slip e tornò dalla ragazza con il body azzurro. Non trovava l'ingresso alla piscina.

La ragazza lo squadrò senza pudore, valutando spalle addominali bicipiti e tricipiti, poi gli ingiunse di seguirlo.

Scesero ancora una scala e arrivarono a una parete bianca.

La ragazza sfiorò un punto, si aprì una porta.

Un rock duro, vecchio di quattro decenni, esplose a volume da discoteca. La piscina misurava almeno cinquanta metri ed era di un blu intenso. Un unico nuotatore batteva un crawl impeccabile.

Nuotava a ritmo o era, il ritmo, così pervasivo da comunicare quell'impressione di danza. Matteo si tuffò nella corsia più lontana da quella che conteneva l'altro nuotatore.

Rispetto a lui il suo stile era sgangherato ma probabilmente non aveva importanza. Anzi, una leggera inferiorità, ormai l'aveva capito, era gradita dal Líder Máximo. Iniziò perciò a nuotare, lento ma regolare, macinando vasche. Man mano che gli montava la fatica si sentiva sempre più sicuro di sé. Se il Líder l'aveva invitato in piscina, dopo aver ricevuto la sua lettera, era un buon segno.

L'aveva invitato dopo due giorni.

Ma l'incontro era stato fissato per il lunedì della settimana seguente.

Erano passati in tutto nove giorni, da quando Elisabetta gli aveva mostrato il videomessaggio.

Nel frattempo, con il Líder Máximo, si erano visti di sfuggita un paio di volte, in presenza di metà dello staff comunicazione.

Il Líder non aveva mai fatto cenno al contenuto della lettera. Si era comportato con lui come sempre. Sbrigativo e positivo. Ottimo il tuo contributo Matteo. La conferenza è stata un successone.

Aveva ricevuto un "give me five" di encomio e un paio di pacche sulle spalle.

Poi era arrivata la telefonata della sua segretaria particolare, Ines, che, tanto per smarcarsi da qualsiasi forma di prevedibilità, era una ventottenne con gli occhiali spessi e una foresta di capelli ricci a occultare un naso troppo lungo. Una donna dalla non-bellezza così evidente da farla splendere su tutte le altre.

"Matteo, Máximo ti vuole vedere in piscina entro le sette del mattino di giovedì prossimo," aveva detto.

"Lo aspetto fuori?"

"Ti tuffi e nuoti finché non stacca la musica."

La musica si ammutolì all'improvviso, Matteo era a metà vasca, continuò a nuotare aumentando il ritmo delle bracciate fino al limite delle sue possibilità. Al fondo della piscina, il Líder Máximo, in accappatoio azzurro, lo aspettava inginocchiato ai blocchi.

"A stile sei scarso ma potenza ne hai. Un ranocchio col turbo."

Gli porse una mano per aiutarlo a issarsi sul bordo.

Appena fu all'asciutto lo spinse di nuovo in acqua, si rituffò anche lui, lo placcò e cercò di affondargli la testa, Matteo lo imitò e lottarono per qualche minuto, spruzzandosi e ridendo.

Poi andarono a vestirsi.

Dieci minuti dopo erano seduti nel Vege caffè del primo piano, davanti a due concentrati di carote e alghe giapponesi.

I capelli ancora umidi, le unghie bianche, i polpastrelli rugosi.

Due giovani uomini nel pieno della loro potenza fisica.

"Allora," disse il Líder, improvvisamente serio, "hai scritto un cumulo di stronzate."

Matteo deglutì.

Sorridere? Rispondere? Nel dubbio tacque, imperturbabile.

Il Líder tirò fuori la lettera.

L'aveva scritta a mano su un vero foglio di carta perché restasse. Ne aveva fatte alcune copie.

Una l'aveva firmata con l'impronta digitale, oltreché con il suo nome.

Tutta una procedura di gravità.

"D'accordo," disse Matteo, dopo aver deglutito un ritorno di timidezza, "se pensi che siano stronzate meglio così. Preferisco averti disturbato inutilmente, piuttosto di dovermi rimproverare per non averti messo sull'avviso."

Il Líder si prese tutto il tempo utile a prevedere le mosse di un avversario pericoloso.

Il suo giro stretto diceva che faceva così quando giocava a scacchi, poteva tacere guardandoti in faccia anche per venti minuti.

Matteo non era ancora entrato in quella cerchia intima, ma li frequentava e lo ritenevano abbastanza affidabile da raccontare, in sua presenza, ogni sorta di aneddoti sul capo.

Gli piaceva che gli interlocutori sostenessero il suo sguardo con franchezza e modestia.

Matteo eseguì.

Non era una sfida, era una meditata e saggiamente dignitosa forma di obbedienza.

"Ho già provveduto," disse il Líder alla fine di quella lunga pausa e ruppe in una risata guascona, "i cari vecchietti da quarantotto ore hanno un rifornimento di ragazze che varrebbe il ritiro volontario anticipato."

Matteo sorrise, educatamente.

Cercò di cancellare il volto di sua madre così come stava continuando a ritornargli davanti agli occhi.

Addolorato, spaventato.

"Nessuno avrà più tutta questa fretta di ricongiungersi con la propria legittima consorte."

Matteo annuì, avrebbe voluto ricordargli il ritorno alla natura, coppie composte da donne e uomini giovani, dieci anni massimo fra l'età del maschio e l'età della femmina, perché i corpi degli uomini non portano scadenze, quindi meritano un certo vantaggio, ma non si può sconfinare, perciò: divieto di intrecciare relazioni intergenerazionali, basta con lo sconcio di un sessantenne con una trentenne... avrebbe voluto ricordargli la campagna *You can't marry your daughter...* Tutta l'Europa aveva cambiato ritmo, stile, indirizzi demografici, disposizioni etiche. Era stato un azzardo. Avevano delle buone ragioni. Erano stati pazzi ed erano stati coraggiosi. Si erano ripresi la loro gioventù, ed erano diventati adulti. Erano diventati padri. Stavano diventando tutti padri.

"Lo so che cosa stai pensando," disse il Líder, "puoi anche sputare il rospo. Tu sei un ragazzo in gamba. Siamo tutti e due ragazzi in gamba. Fra ragazzi in gamba non ha senso stare a farla tanto lunga. Perciò dillo, tanto ho già la risposta anche per la sottile osservazione che non hai ancora fatto."

"Sentiamo."

"Prima dillo, voglio sentirtelo dire."

"Le ragazze, i ritirati... *You can't marry your daughter...*"

"Altro che *daughter*, queste sono nipotine. Dai sedici ai diciannove. Gliele diamo in pasto? Siamo spacciatori di verginelle? Nossignore. Le ragazze sono lì per metterli in allegria. Non si toccano. La dismisura preserva. Forniamo una ventata di femminile senza conseguenze. Ma le piccine hanno licenza di uccidere se uno si comporta come negli anni del disordine."

"E alle ritirate hai riservato lo stesso trattamento? Camerieri diciottenni da guardare e non toccare... infermierini sexy..."

Il Líder Máximo scosse la testa, come se Matteo l'avesse deluso. L'aveva messo sotto stretta osservazione dalla cerimonia del ritiro di Delgado. I figli di uomini potenti soffrivano d'una segreta ambivalenza, talvolta. Non erano abituati ad affermarsi nella competizione generazionale e, una volta costretti dalla rivoluzione a indossare la casacca del vincitore, mostravano segni di debolezza. Nostalgie, malinconie. Una sorta di struggimento.

Chi non aveva una quota di disprezzo per gli anziani a portata di mano poteva diventare sentimentale.

Era così Matteo? Era un sentimentale?

La lettera che gli aveva scritto conteneva qualche pepita d'oro ma non lo convinceva. Peccato. L'avrebbe fatto entrare volentieri nel giro stretto.

Era intelligente. Formato da studi solidi. E aveva respirato fin dall'infanzia quel particolare mélange d'intuizioni, citazioni e buon gusto a cui lui, Massimo, o Máximo, come si faceva chiamare, aveva segretamente aspirato per tutta la vita.

Decise di metterlo alla prova, con un tono severo:

"Perché mi fai questa domanda?"

"Per sapere la risposta," disse Matteo. Si sentiva come un acrobata che si accorge di non potersi fermare, di non poter tornare indietro.

"La sai, la risposta. Non pensare a tua madre. Tua madre è una fuoriclasse. Non è lei che devi pensare. Smetti di pensare a tua madre e a tuo padre. Se continui a pensare a tuo padre e a tua madre, sei perso. Non ce la farai mai. Non arriverai da nessuna parte. Cancella tuo padre e tua madre. Cancellali!"

Matteo annuì, come se gli fosse stato chiesto di rispondere sì o no.

Era perfettamente consapevole del fatto che si stava giocando la carriera, i prossimi anni della sua vita.

Soldi, privilegi.

Non sapeva come condurre il seguito di quella conversazione. Forzare? Indietreggiare? Tacere?

Doveva dimostrare di essere all'altezza o cedere e farlo trionfare?

"Sì," disse, "sì," sapeva di non avere accesso all'abuso di silenzi con cui il Líder Máximo mostrava la misura della sua eccellenza, ma non voleva aggiungere altro. "Sì," disse una terza volta.

Poi aggiunse: "Li ho cancellati. E se non li ho cancellati li cancellerò. Contano meno di quanto... qualcuno può essere portato a credere, in definitiva non sono poi così diversi dagli altri, no?"

Il Líder Máximo, con uno sguardo di aggressiva perspicacia, prese a recitare, con enfasi:

"Ho avvertito, nella popolazione prossima al ritiro, un espandersi del malcontento. Si sono creati piccoli nuclei di coetanei che discutono e si scambiano ipotesi su due temi principalmente: le condizioni di vita dei neoritirati, quindi le loro prossime future condizioni di vita e, soprattutto, il ricongiungimento familiare. Non trovano risposte sui siti ufficiali. I gruppi non sono in rete, non nella rete che siamo in grado di controllare, e da questo possiamo dedurre un desiderio di segretezza che ci suona come un campanello d'allarme."

L'aveva citata a memoria, la lettera che Matteo gli aveva indirizzato.

E questo non voleva dire che l'avesse letta milioni di volte. Aveva una capacità mnemonica prodigiosa. I suoi detrattori insinuavano che fosse la qualità con cui sopperiva a una certa debolezza culturale. Teneva a mente tutto quello che gli veniva detto o scritto o raccontato.

Nelle notti insonni si faceva leggere l'*Iliade*, l'*Odissea*, il *Vangelo*, il *Talmud*, il *Capitale*...

"Sì, a me è suonato un campanello d'allarme," disse Matteo.

Il Líder Máximo si alzò dallo sgabello, schiacciò il suo interlocutore con quel sorriso breve che era, fra le sue modalità espressive, la più commentata e copiata (si tenevano dei corsi di mimica in cui si insegnava a replicarlo, limitatamente alle relazioni con gli inferiori), quindi disse:

"Non ci sarà mai nessun ricongiungimento familiare. Se avessi voluto spostare un po' più in là le coppie di anziani li avrei fatti partire insieme. Li voglio soli. Li voglio separati. Se vogliono possono accoppiarsi per affinità. Noi non abbiamo niente contro i gay, quando non minacciano più il tasso di natalità. Seguiamo la natura, noi."

Dopo quell'ultimo, enfatico Noi, Máximo si alzò.

Non salutò Matteo, non salutava mai, alla fine di un incontro. E incominciò a camminare con il suo passo lungo, rapido, fra il fit walking del salutista e la simulazione di fretta del politico.

Matteo sapeva che stava infrangendo un codice quando gli corse dietro e gli toccò una spalla:

"E secondo te è sufficiente che gli anziani abbiano qualche ragazza da guardare per soffocare il malcontento? E manderai qualche ausiliario anche alle donne o pensi che le donne stanno bene fra loro? Pensi che le donne sono meno aggressive? Pensi che le donne sono più adattabili? Lo sai che c'è un circolo di fumatrici incallite che si incontrano per discutere del proprio futuro? Pensi che mia madre non abbia delle simili? Pensi che..."

Il Líder Máximo si fermò all'improvviso, prese Matteo per un braccio e gli rifilò uno sguardo oltraggiato.

"Attento, Matteo, ti stai allargando un po' troppo."

Verbalizzare risultò apertamente pleonastico. Una ridondanza. Era già tutto contenuto in quegli occhi castani, piccoli, apparentemente banali eppure animati da una forza espressiva straordinaria.

La porta a vetri si aprì, ed entrarono le guardie del corpo. Quattro ragazze dai corti capelli castani, rossi, biondi, neri. Erano alte quanto i due uomini e avevano gambe e braccia eccezionalmente muscolose. Indossavano calzoncini da pugile e magliette aderenti, anfibi e minuscole armi elettroniche di dissuasione.

Guardarono Matteo e poi il Líder, cercando di interpretare la situazione.

Non avevano niente di marziale, erano belle e serie ed efficienti.

"Tranquille ragazze, lui è Matteo Delgado, per adesso non dovete menarlo."

La ragazza con i capelli neri si avvicinò al Líder Máximo e gli disse qualcosa in un orecchio.

Qualcosa di sgradevole, evidentemente, perché l'espressione costantemente appagata e determinata e cordialmente feroce con cui d'abitudine dominava i collaboratori e i sodali quanto gli estranei di qualsiasi provenienza si chiuse come un sipario.

"Sta' a vedere che porti iella, Delgado," disse. E lasciò il Palazzo degli sport acquatici, trottando fra tre delle guardie del suo corpo.

La quarta, la bruna, prese in consegna Matteo.
Ma gentilmente.

16.

"È stato facile," aveva detto Francesca, porgendole una mappa stampata, con la strada da seguire colorata di rosso.

Claudia le aveva messo sulla scrivania un dossier con fotografie, analisi del territorio, densità della popolazione, clima, produzione agricola, tasso di industrializzazione.

Maddalena le aveva allungato un fazzolettino di carta.

Era così che se n'era accorta, di avere gli occhi pieni di lacrime.

Per distrarla, perché non si vergognasse di quell'emotività fuori controllo, si erano messe a cicalare tutte e tre.

Perciò tuo marito è lì. La gran parte delle location dei ritiri è nell'Est Europa. Hanno svuotato la zona. Tuo marito è nella parte più pittoresca. La chiamano l'Appenino tosco-croato, perché ricorda le nostre campagne più belle.

Era stato facile, infatti.

Aveva mostrato il messaggio di Umberto a Francesca. Si era fidata. Si era fidata di tutte e tre, anche se la più abile con la tecnologia era Francesca, perché non voleva creare gelosie. Non voleva confidarsi soltanto con una delle tre. Erano un corpo unico, le sue assistenti. O tutte o nessuna. Tutte allora.

Un azzardo. Era andata bene.

E adesso erano in viaggio.

Erano partite alle dieci di sera. Col favore delle tenebre, come aveva detto, facendole ridere.

Claudia guidava. Avevano scelto la sua Mini Wagon che era scomoda ma anonima. Elisabetta era sgusciata fuori di casa in tuta. Aveva preso l'abitudine di andare a correre le sera, in quel settembre torrido, e Federica l'aveva salutata a modo suo: "Avrai la nonna più magra del mondo." Da quando era entrata nel nono mese parlava esclusivamente con la sua pancia. Matteo era in missione, come gli capitava sempre più spesso, ma Nadine, follemente innamorata di Federica, la accudiva con l'entusiasmo prescritto: la donna di venticinque anni incinta è il modello di tutte le donne.

Un'icona a cui sacrificare le proprie spente vite infertili e perciò superflue.

Matteo partiva tranquillo.

Matteo partiva perché, dalla sera in cui aveva ascoltato le parole di suo padre dalla prigionia, evitava ogni contatto con Elisabetta.

Era lui, adesso, quello che tornava sempre più tardi, che consumava anche i giorni festivi in ufficio.

Sfuggiva. Anche all'evidenza aveva cercato di sfuggire:

"Non ci posso credere, mamma."

"Come fai a non crederci, figlio?"

Sì, era stato tutto facile, anche rinunciare a portarsi una valigia. Francesca aveva rubato per lei un vestito a sua madre.

Non l'avrebbe mai indossato, ma l'aveva commossa il pensiero. Larghi pantaloni color prugna e un camicione ornato di funghi.

Tutto l'aveva commossa, nel modo in cui le ragazze avevano reagito alla vista del volto tumefatto di Umberto.

Con sconcerto, con pena.

Non si erano irrigidite come Matteo. Non avevano messo in dubbio. Non avevano ipotizzato un episodio isolato, una depressione, un equivoco. Non avevano detto: comunque indagherò, mamma, farò indagare, con quello stupido tono da maschietto dominante.

Si erano messe a disposizione, avevano attraversato simbolicamente il muro che il Partito Unico aveva innalzato fra le generazioni e avevano detto no, noi no, non in nostro nome.

"Vuoi che ti dia il cambio?" chiese Elisabetta.

"Tranquilla, non sono stanca," disse Claudia.

"Magari mi fa bene, mi sta montando l'ansia."

"No, ansia no, capo, ansia perché, non può succederci niente di brutto," disse Francesca.

"Francy, apprezzo il tuo tentativo di mettermi l'anima in pace, ma devo contraddirti," disse Elisabetta, "stiamo infrangendo un numero esorbitante di leggi. Abbiamo localizzato una riserva secretata. Siamo in viaggio insieme, per un obiettivo comune, e tra parentesi illecito, pur appartenendo a generazioni diverse, voi domani non sarete sul posto di lavoro e io neppure, anche se io ho ancora cinquanta punti di indennità stress da giocarmi, quindi posso fare sega anche cinquanta giorni... fra il cinquantaseiesimo compleanno e il ritiro."

Maddalena, dal sedile posteriore, prese a massaggiarle la base del collo, i muscoli delle spalle, le prime vertebre della colonna.

Non l'avevano lasciata guidare.

Claudia la portava, Maddalena, che aveva mani da pranoterapeuta, la consolava. Francesca la intratteneva. Avevano affidato le loro bambine, Lizzy che non aveva ancora un anno e

Carlotta che aveva tre anni, alla compagna di Claudia. Avevano preparato un thermos di tisana, uno di caffè, uno di spremuta di mango. Si passavano bicchierini fumanti o ghiacciati. Chiacchieravano.

E intanto la notte avvolgeva l'abitacolo della Mini Wagon come un guanto nero, cancellava il paesaggio, in una sospensione del tempo e dello spazio che metteva paura e poi la scioglieva in una pace surreale.

"Non ce la farò mai a vederlo," disse Elisabetta, provando a pensare ad alta voce, nella speranza di alleggerire il peso di quello che le passava per la testa, "non mi faranno entrare. Appena arriveremo lì... ai cancelli... al portone... non riesco a immaginarmi come si configura quel luogo... appena arriveremo lì, se mai ci arriveremo... mi manderanno via. Ce l'ho scritta in faccia la mia età... si vede bene che non sono una cittadina ben insediata nel Periodo di Massima Valorizzazione Personale."

"Tu no, ma noi sì," disse Claudia superando una Micro Maserati, che, nonostante avesse licenza di volare come un proiettile, rispettava i limiti di velocità delle Mini Wagon.

"Noi siamo tre fantastici esemplari di Pi Emme Vi Pi," disse Francesca.

"Voi due più di me," disse Maddalena, che ogni sei mesi doveva consegnare i risultati di complesse analisi sulle sue potenzialità riproduttive, ed era "attenzionata speciale" del Centro demografico nazionale: "Se entro tre anni non resto incinta finirò sotto osservazione."

"Se tu ti decidessi a sceglierti uno sperma decente, magari non il più caro ma nemmeno una schifezza da quattro soldi e te lo facessi inoculare... invece di stare lì ad aspettare la scopata romantica..." disse Francesca.

Claudia, che era gelosa di qualsiasi essere umano di sesso

maschile in quanto titolare del privilegio di ingravidare personalmente le sue amiche, annuì.

"Che poi è una cazzata, mia cugina l'ha fatto, non fa per niente male..." disse ancora Francesca, con convinzione.

Elisabetta si scoprì a sorridere. E contemporaneamente realizzò che aveva ricominciato a piangere.

Nel buio le lacrime scorrevano silenziose sulle sue guance.

Le faceva bene e le faceva male, ascoltare le ragazze.

Era rassicurante e stupido e dolce, quello scambiarsi consigli, valutare progetti. Era il dolce rumore della vita e lei non riusciva a non sentirlo, a non farsene sedurre... anche se non poteva più partecipare. Non poteva più intraprendere, cambiare rotta, andare alla conquista di nuove situazioni, nuovi paesi, nuovi amori...

Doveva lasciarsi portare, adeguarsi, essere agita.

L'ultima festa prevista nel suo calendario esistenziale sarebbe stata la nascita del bambino di Federica e Matteo.

L'ultimo compito. L'ultimo capitolo. Uno degli argomenti fondamentali nella campagna *Mother at Twenty-five* era: regalate ai vostri bambini una nonna lontana dal ritiro. L'ideale era scodellare un marmocchio a venticinque anni avendo una madre di quarantacinque che avrebbe portato il nipotino fino all'adolescenza, età in cui chiunque abbia più di diciannove anni è presenza sommamente sgradita, e poi sarebbe sparita con le benedizioni di tutti.

La madre di Federica aveva quarantatré anni... se non ricordava male.

Eppure da mesi stava preparando scarpine e golfini.

Girava in jeans strappati e top di pelle nera, ma dichiarava che avrebbe cambiato guardaroba con entusiasmo, allo scadere del PMVP.

Pensando alla sua consuocera, e cullata dal cicaleccio delle ragazze, Elisabetta cedette a un sonno pesante, quasi che reggere quell'attesa fosse una fatica fisica. Come correre in salita, come sollevare tonnellate di detriti.

La svegliò un cinguettare di uccelli discordanti.

La Mini Wagon era ferma in una stretta strada sterrata, di cui ostruiva la percorribilità. Le ragazze erano sparite. Elisabetta si spaventò di quell'improvvisa solitudine. Scese dalla macchina.

La campagna si stendeva a perdita d'occhio. Gli alberi delimitavano il viottolo, proiettando l'ombra compatta di una fioritura intensamente profumata.

In preda a uno stimolo irrefrenabile, Elisabetta incominciò a cercare un anfratto, un cespuglio dietro cui nascondersi a fare pipì.

Non c'era. Tutto era perfettamente visibile e completamente deserto. Si accovacciò dietro il tronco sottile di un platano, si era appena ricomposta quando vide Claudia correrle incontro.

"Dove siete finite tutte?" chiese Elisabetta, incapace di liberare la sua voce dall'affanno, dall'angoscia.

"Tranquilla, abbiamo scoperto dov'è l'ingresso della riserva. Si chiama *Il bel tramonto*, hotel termale. Il messaggio di tuo marito è uscito da lì. Non sei contenta? È un albergo. Vedrai, le tue paure erano esagerate."

"Dove sono Francy e Maddalena? Andiamo in macchina? Andiamo a piedi?"

Sentiva il cuore battere lento e forte, aveva la fronte sudata e le mani fredde, Claudia la prese per un braccio e la fece sedere in macchina.

Salì al suo fianco, ritornò sulla strada asfaltata.

"Dove vai? perché torniamo indietro?"

"Ti porto in un selfie bar, ti clicchi qualcosa di caldo e stai tranquilla. Io vado a prendere le ragazze, che stanno facendo una perlustrazione del paese, e andiamo tutte e tre all'ingresso dell'hotel."

"E che cosa fate? Chiedete di lui? pensate che sia così semplice? Avrebbe rubato un cronosmartphone e mi avrebbe mandato quel messaggio disperato se potesse ricevere a suo piacere gente che viene da... da..."

Non riusciva a trovare la parola: gente che viene dal mondo? Dalla vita vera? Da fuori?

"Senti," disse Claudia, parcheggiando la macchina in una piazza deserta, "l'unica cosa da fare è andare e provare."

Tutti i selfie bar sono scatole vuote: ci sono i tavolini, ogni tavolino è dotato di una tastiera, si ordina da un menù, si clicca e la bevanda, o il cibo richiesto saltano fuori da una botola. Ogni tavolino ha la sua botola. La musica è in cuffia. Gli avventori sono rigorosamente soli. Si isolano nella musica, non si guardano gli uni con gli altri. Ogni tavolino ha il suo flash. Ci si può fotografare o filmare mentre si mangia, mentre si beve, o mentre si aspetta che passi il tempo. Nei selfie bar non si può andare con qualcuno.

Non c'è un barista, né una cameriera, niente.

Non si può conversare, né consumare cibo proprio.

Elisabetta sedette nell'angolo più buio, cliccò un caffè, un toast. Era, il suo, l'unico tavolino occupato.

Dopo essersi procurata il cibo, provò a usare la tastiera per collegarsi.

La password generale, quella che era soltanto sua e la metteva in rete con tutta l'Europa, non funzionava. Poteva scrivere, ma non poteva spedire.

Bevve il caffè. Faticosamente. Aveva la gola chiusa. Il toast lo infilò nella tasca della felpa. Magari le ragazze avevano fame.

Il flash si accese e le scattò otto fotografie. Stampi o cancelli? Decise di stampare. Otto quadratini di cartone lucido le restituirono un volto sconosciuto. Una donna stanca infilata in una tuta da jogging. Non era rimasto niente dell'antica bellezza, una risorsa su cui aveva potuto contare per tutta la vita. Niente.

Gli occhi si erano fatti piccoli. Ed erano pieni di sgomento.

Restò a guardarsi, oggettivata in quelle istantanee colorate, anche lei aveva i capelli biondi, come tutte le donne che avevano passato i cinquant'anni ed erano ormai lontane dal Periodo di Massima Valorizzazione Personale. Bionde e grigie, bionde e bianche, bionde e bionde.

Adagio, con una gestualità studiata, come se qualcuno la stesse guardando, Elisabetta incominciò a strappare quegli otto ritratti della sua sconfitta. Li disintegrò metodicamente, riducendoli a coriandoli di cartone, poi li gettò nel cestino che corredava ogni tavolo. Si avvicinò la tastiera e incominciò a scrivere.

Caro Umberto,
sono probabilmente molto vicina a te. Non posso inviarti la lettera che sto per scriverti. Però la scrivo lo stesso. La stamperò. Sono in un selfie bar e quindi posso farlo. Non so se riuscirò a fartela avere. Non so nemmeno se sei ancora vivo, se sei ancora in te, se non ti hanno piegato o... ok, non voglio dirla quella parola. Quindi non la dirò.
Preferisco parlarti d'amore. In fondo l'abbiamo sempre fatto così poco. Ci pareva che non fosse necessario. Il nostro era un patto che non aveva bisogno di additivi, i nostri corpi aderivano l'uno all'altro con poca enfasi e parecchia soddisfazione. Stavamo ciascuno innanzitutto con se stesso e quindi con l'altro, l'altra. L'intreccio era serale, notturno quando la sera se la prendeva la vita professionale. L'intreccio fra noi, io che raccontavo, tu che

raccontavi... io che sviluppavo la tua trama e tu che sviluppavi la mia. Era una bella sensazione di pienezza, ti ricordi? C'eravamo noi e fuori di noi c'era il grande disordine. Tu l'hai cavalcato, io l'ho commentato. Tu eri uno di loro ma non eri uno di loro, non lo saresti mai diventato. Io ero una vestale del dissenso. Poi, quando il disordine è imploso e si è instaurato l'ordine nuovo, tu sei rimasto al tuo posto, io sono stata addirittura promossa, ogni trascorso sberleffo mi ha fruttato uno scatto di carriera. Eravamo forti, non eravamo compromessi e non eravamo ancora scaduti. Il Partito Unico ci ha chiesto soltanto di starci, di stare dentro il gioco del rinnovamento, di interpretarlo e ratificarlo. Era una bella sfida, per noi. E poi eravamo stufi marci. Il disordine ci aveva stancati tutti, ci aveva nauseati. Quando quello che adesso chiamiamo il Líder Máximo era soltanto un innocuo Massimo Paradisi l'abbiamo accolto con sollievo. Aveva l'età di nostro figlio, e nostro figlio eravamo abituati a trattarlo da ragazzo. Trattavamo da ragazzi tutti, tutti quelli che avevano meno anni di noi, perché trattarli da uomini e donne ci avrebbe spodestati dal privilegio di una maturità senza tempo, senza scadenze, da conquistare giorno dopo giorno, restando magri, restando sani, restando brillanti... ah, amore mio, ti ricordi quanto abbiamo riso quando è passata la famosa "legge 16, Normative per il riordino demografico"? Io e te nella vasca da bagno, ti ricordi? Tu non volevi che sciogliessi nell'acqua i sali azzurri perché sapevano di violetta di Parma. "Un uomo non può odorare di fiori secchi..." e buttavi in terra la cravatta e poi i calzini. Sei sempre stato bravissimo a spogliarti, non mi hai mai imposto lo spettacolo di un uomo nudo con i calzini... Io ero già nella vasca e guardavo la tua camicia planare sul pavimento. La fine della giornata era quel naufragare nell'intimità. Ridevamo. Abbiamo riso fino all'ultimo, mentre mi strofinavi la schiena, mentre ti lavavo i capelli.

175

Ridevamo, ma eravamo già meno sinceri, si avvicinava il giorno del tuo ritiro, veniva la parte più difficile: collaborare alla propria eliminazione. Un compito che richiede un certo grado di santità... e poi, all'improvviso, è successo. Sei partito nove mesi fa. Il tempo di una gravidanza. Se ne avessi bisogno basterebbe Federica a ricordarmelo.

Federica, dovresti vederla, porta in giro il suo ventre sferico come il delfino ammaestrato fa girare la palla sulla punta del naso. Aspetta l'applauso a ogni passo, a ogni epifania. Vivono a casa nostra adesso. Matteo...

Subito dopo aver scritto il nome di suo figlio, Elisabetta si fermò. Che la lettera arrivasse o meno al suo destinatario, non voleva condividere con lui la delusione per il comportamento di Matteo.

Quell'unico figlio l'avevano amato tutti e due come il frutto quasi perfetto di una loro misteriosa intesa cellulare. Ha i tuoi occhi e i miei capelli. La mia bocca e le tue spalle.

Cancellò il nome del figlio. Rilesse la lettera. Non era riuscita a parlare d'amore.

Riprese a scrivere.

Non sono riuscita a parlarti d'amore. Mi sei mancato. La nostra relazione è durata così a lungo, che non sappiamo più accoccolarci nella distanza, nell'assenza, nel dramma, abbiamo macinato troppi giorni, troppe notti, troppe cene, ci siamo nutriti così solidamente l'uno dell'altra che sappiamo, oggi, soltanto provare il dolore ottuso di un'amputazione, tocco lì dove c'eri, come se mi svegliassi dopo l'anestesia e cercassi la mia gamba, il mio braccio. Desidero follemente (follemente? ti dedico questo avverbio da soubrette), desidero follemente rivederti, nascondermi fra le tue

braccia, e poi staccarmi da te, e guardarti e farmi guardare anche se sono sciatta, mal vestita e invecchiata di cent'anni.
Desidero, come si desidera quando non c'è speranza.
Eppure sono qui, nel raggio di pochi chilometri da te.
E ti sto aspettando. Di nascosto dalla mia intelligenza, dal pessimismo della ragione con il suo corteo di fantasie terminali. Di nascosto da me stessa.
Perché di nascosto da me stessa, io SPERO!
Anche se so che non accadrà niente. Che non ti rivedrò.
Che non c'è alcun ricongiungimento di coppia (immagino che lo sappia anche tu, dato che mi hai mandato quel messaggio terribile), ma un disegno di sopraffazione, la scelta scellerata di annullare la nostra...

Non finì di scrivere la frase. Maddalena era fuori dal bar e picchiava contro la vetrata per invitarla a uscire. In fretta.

17.

"Non ha dormito a casa," disse Matteo, guardando Nadine con un eccesso di severità. "Io sono tornato alle due del mattino. La porta della sua camera era aperta. Mi sono affacciato, ho pensato che poteva essere in bagno, che magari non stava bene. No. Il bagno era vuoto, il letto era intonso. Sono andato a dormire. Mi sveglio e lei non c'è. Quand'è l'ultima volta che l'ha vista, Nadine?"

Nadine abbassò gli occhi: quando qualcuno perdeva qualcosa chiedevano sempre a lei. E puntualmente lei si sentiva messa sotto accusa.

"Gliel'ho già detto, signor Matteo. La signora è andata a correre ieri sera. A cena ha mangiato pochissimo apposta. Ha detto: 'Solo un'insalata, Nadine, che voglio andare a correre fra un paio d'ore, con il fresco della sera.' Così ha mangiato l'insalata che le ho preparato e l'ha mangiata anche la signorina Federica. Era proprio buona con la valeriana dell'orto e due bei pomodori rossi..."

Matteo interruppe con un gesto quel cumulo di dettagli affastellati uno sull'altro per dimostrare un'innocenza che nessuno metteva in dubbio.

Nadine amava soltanto Federica, ma non sarebbe mai arrivata a sopprimere Elisabetta. E ci teneva molto a ben figurare con Matteo.

"Grazie, Nadine. Puoi portare la colazione a mia moglie."

Federica entrò nella cucina dalla porta del giardino, insieme a un frinire di cicale. Indossava un velo di camicia da notte, lunga, bianca e vaporosa, come l'abito nuziale di una sposa indecente. Aveva i capelli sciolti. La luce forte del mattino la sceglieva, la sua carnagione chiara produceva un riverbero accecante.

"Tuo figlio vuole uscire, papuccio," disse, con la sua migliore imitazione della voce di una bimba da cartone animato. "Bussa da dentro, toc toc... toc toc."

Matteo la baciò distrattamente.

"Resta a letto," disse e uscì.

Federica rimase senza fiato per un attimo. Il miracolo stava per compiersi, e la protagonista era lei. Lei Federica. Lei era lì. Al servizio del genere umano, circonfusa di gloria, non aveva ancora ventisei anni e stava per produrre un cittadino nuovo di zecca. Uno che sarebbe cresciuto nella bellezza e nell'obbedienza e sarebbe stato l'adulto soddisfatto di domani. Nel giro di pochi giorni, minuscolo e perfetto come sarebbe certamente stato, avrebbe consentito ai geni di Matteo Delgado di eternizzarsi, nell'elettrizzante catena della nascita, della crescita, della maturazione e della diminuzione e della morte.

E Matteo Delgado, l'uomo che l'aveva benedetta col suo liquido seminale, invece di starle vicino nell'attesa, come era previsto perfino dai contratti di lavoro dipendente, se ne andava.

Si preoccupava della scomparsa di sua madre, invece che della comparsa del suo primo figlio.

E questo era, oltreché triste e offensivo, anche contrario alle leggi della saggezza e della natura.

Preceduto da uno spegnersi del luminoso sorriso che, in quei giorni, non aveva mai dimenticato di esibire, un pianto disperato travolse finalmente Federica.

Esclusa la possibilità di trovarla svenuta sul percorso da jogging della circoscrizione terza, esclusa la possibilità che qualcuno l'avesse vista e soccorsa con un rapido giro per tutti i siti di tutti gli ospedali, esclusa l'ipotesi di presentarsi alla più vicina gendarmeria e denunciarne la scomparsa, Matteo decise di marciare verso l'ufficio di Elisabetta.

Non rispondeva al cellulare, naturalmente.

La vocina metallica, che non cambiava da decenni, la dava "sconnessa".

La voce della segretaria, altrettanto disumana e programmata per non dare informazioni personali, gli aveva risposto: "La signora Direttore non è disponibile al momento." Inutile far presente: io sono il figlio.

"Spiacente, signore. Riprovi più tardi."

Fine delle comunicazioni. Matteo parcheggiò davanti al palazzo del Tempo libero.

La facciata bianca, leggermente rientrante, traforata da una fitta teoria di finestre, era imponente e, nello stesso tempo, fragile.

Non ci entrava da anni, da anni non pranzava con sua madre in quella specie di parco a tema gastronomico, dove confluivano tutte le cucine del mondo, tutte ugualmente surgelate, scongelate e omologate dall'ottuso sapore del glutammato di sodio.

Ci era andato i primi tempi, quando Elisabetta, imprevedibilmente, era diventata un funzionario dello stato e si stupiva di tutto e lo invitava per fargli assaggiare tortini di mosche in crosta di patate e lecca-lecca al caviale...

Entrò e si diresse verso il banco delle informazioni.

Chiese della Direttore.

"Ha un appuntamento?"

"Sì," disse, "sono Matteo Delgado, suo figlio, e ho urgenza di parlarle."

"Ha un appuntamento o ha urgenza di parlarle?" chiese la ragazza in divisa (bellezza media, adatta alle relazioni esterne, ma a livello portineria).

Matteo sospirò, cercando di dominare un nervosismo crescente, poi, con uno sforzo, sorrise e disse: "Sta per nascere il suo nipotino. Il canale del parto è già impegnato dalla testina. Non vorrà essere lei la responsabile di un'assenza così compromettente. Si tratta della nonna di un nuovo cittadino..."

La ragazza si attivò in preda a un'agitazione commossa ma non priva di efficienza, la Direttore non era nel suo ufficio, la segretaria non l'aveva vista. Presto al banco delle informazioni si radunò una piccola folla di addetti all'ingresso e all'uscita, ai permessi, ai tornelli, al controllo e alle visite guidate.

Nel giro di pochi concitati minuti fu chiaro che la Direttore non si era presentata al lavoro. Matteo, esagerando appena un'ansia che, in effetti, provava, chiese di salire a parlare con il dottor Genna, vicedirettore e, tra l'altro, buon amico della partoriente, quindi anche lui, volendo, atteso al parto.

Fu subito fornito di un badge e salì al dodicesimo piano. Genna lo aspettava davanti all'ascensore, masticando una gomma allo Xanax: "Sta partorendo?" chiese, quasi scandalizzato. Il sottotesto era: sta partorendo e tu sei qui?

Matteo lo rassicurò.

"No, non sta partorendo, non ancora. L'ho detto perché non mi facevano salire."

"Sei proprio figlio di tua madre," disse Genna e gli tese il pacchetto di Chewing Xanax. Matteo accettò. Si sentì subito più calmo.

"Davvero non è venuta a lavorare? Ha avvisato? Ha detto qualcosa?"

"No, caro. E non solo: con lei sono sparite Athos, Portos e Aramis, le sue tre moschettiere. Ho idea che questa fuga costerà parecchio alle pulzelle."

"Chi ti dice che sono insieme?"

"Il mio insindacabile istinto. Vieni, ti porto nel suo ufficio."

Matteo scosse la testa, aveva fretta, disse, Federica lo voleva vicino, e lui non voleva perdersi una sola contrazione...

Genna insistette.

"Solo un momento, ha una visita tua madre, questa mattina, una visita imprevista, che non era in agenda, la visita di un personaggio piuttosto speciale. Mi ha pregato lui di farti entrare, in mancanza di Elisabetta conferirebbe volentieri con te."

Genna spinse Matteo in un salottino, seduto su una delle poltrone rosse c'era un uomo vestito in modo sportivo: una polo azzurra, un paio di jeans, scarpe da tennis. Si alzò, sorrise a Matteo, senza cordialità, non si liberò degli occhiali a specchio. Matteo si sentì puntigliosamente osservato dietro quelle due piccole superfici riflettenti. L'uomo gli tese la mano all'improvviso, con una forza che avrebbe potuto preludere a un gesto violento. Un pugno, una coltellata.

"Tu sei il figlio di Umberto Delgado," disse, come se, presentandosi, si dovesse nominare l'altro invece di dar conto di se stessi.

Matteo gli strinse la mano e annuì.

"Lui è il dottor Airoldi, un valido dirigente del settore sanità," disse Genna.

"Ho conosciuto tuo padre. Un uomo di una certa caratura..." disse il dottor Airoldi. Poi chiese a Genna di lasciarli soli e si tolse gli occhiali.

Matteo fu colpito dai suoi occhi, obliqui e celesti, da gatto siamese, e anche dalla voce, improvvisamente confidenziale, con cui aggiunse: "Devo parlarti, ma usciamo di qui. Qui siamo a casa del lupo."

Lasciarono insieme il palazzo del Tempo libero. Il dottor Airoldi, alla luce del sole, parve a Matteo meno giovane di quanto gli era parso al primo sguardo. Aveva un viso liscio in modo elaborato, come se sulle gote avesse spalmato una di quelle creme lifting che il Partito aveva messo fuori legge, ma Elisabetta continuava a comperare di contrabbando.

C'era qualcosa, in lui, di ambiguo, Matteo fiutò un pericolo, anche se non avrebbe saputo dire quale e attivò, quasi meccanicamente, la telecamera del suo cronosmartphone.

L'obiettivo era potente.

Ma non sapeva come fare a inquadrare il suo interlocutore.

Si fermò un attimo e, come se avesse avvertito un fastidio improvviso per la luce del sole, indossò i Google Glass, in tutto simili a un paio di normalissimi occhiali da sole.

Li teneva sempre nella tasca interna della giacca, da quando lavorava alla comunicazione e immagine del Líder Máximo.

Inquadrava, registrava, accumulava dettagli, facce, opinioni.

Stava lavorando all'archivio audiovisivo del Partito ed era fiero della sua abilità.

Appena fuori dal palazzo del Tempo libero, si fermò e filmò il bel viso del suo interlocutore in primissimo piano, lo sguardo nascosto dalle lenti.

"Ti spiace se parliamo camminando?" disse il dottor Airoldi.

Matteo annuì, sempre più teso.

Percorsero in silenzio un paio di isolati. Era un quartiere di palazzi adibiti a uffici, non c'erano negozi. I selfie bar, i love bar e i business bar erano parecchi, ma lo strano dottore dagli occhi di gatto non pareva incline a fermarsi. Camminava veloce, a testa bassa. Senza una parola.

Quando Matteo, per sbloccare quella situazione, disse: "Mia moglie sta per partorire, non ho molto tempo," il dottor Airoldi si fermò di colpo e iniziò a parlare senza alzare gli occhi dal selciato.

Con un cauto slittamento laterale, Matteo si mise di fronte a lui, inquadrandolo di nuovo in primo piano.

"Prendo precauzioni perché sono morto," disse il dottore, "ufficialmente morto. Mi hanno consegnato a una nuova identità. Non lavoro più al fronte. Mi hanno imboscato. Sto negli uffici adesso. Sanità centrale. Coordino la ricerca sull'uso delle cellule staminali per mantenere l'elasticità dei tessuti. Non mi piace. Preferivo stare sul campo. Sono psichiatra ed etologo senile. Le dinamiche di gruppo nella terza parte della vita mi appassionano. Stavo scrivendo un libro, sai? *Analisi comparata dell'istinto di sopraffazione in un gruppo di ritirati abituati al privilegio.* Sai che la nostra capacità di accettare la fine è inversamente proporzionale alle nostre trascorse fortune? Tu, per esempio, hai trentacinque anni. Nel corso dei prossimi dieci anni raggiungerai il vertice della carriera. La tua giovane e bella moglie ti fornirà tre o quattro esperienze di paternità..." vedendo un'ombra passare sul viso di Matteo, il dottore gli mise una mano sulla spalla. "Lo so, hai paura che ti scodelli il primogenito in assenza, è meglio non dare in mano a una giovane donna lo strumento per ricattarci con una denuncia. Ora ti lascio andare. Te la faccio breve: si è verificato un caso di quelli che chiamiamo QI. Quasi impossibile. Tuo padre, che nel mio libro sarebbe stato un personaggio fra i più interessanti e che stavo studiando perfettamente a mio agio, coperto dal ruolo di direttore sanitario della struttura in cui è stato ritirato, si è messo per traverso. Mi ha riconosciuto. Io non mi chiamo Airoldi, ma nemmeno Bruno come mi chiamavo prima. Mi chiamo Muller. E non ho quarantadue anni bensì cinquantasette. Faccio parte di quella ristretta élite cui è concesso di evitare il ritiro, con tutte le sue conseguenze. Ho potuto accedere al programma rigeneratore di identità al compimento del cinquantacinquesimo anno d'età. Quasi certamente anche tu potrai, ma non è detto. Bisogna vedere quanto riesci ad avvicinarti al cerchio stretto. La leadership del partito. So che il Líder Máximo ti tiene d'occhio. Vedi... io e te abbiamo una cosa in comune: padri scomodi. Il mio più del tuo, perché io sono più vecchio di te. Mio padre era una personalità complessa, come il tuo, ma di una generazione meno disposta a trattare, ad adeguarsi. Tuo padre si è ribellato dopo essere stato ritirato e quindi l'ha fatto con i pochi strumenti a sua disposizione, l'autolesionismo prima, l'intelligenza poi e, non ultimo, un po' di fortuna... Non ne sono certo, ma immagino che abbia perso comunque, e, se non ha ancora perso, perderà. Mio padre si è ribellato prima di essere deportato. Si è tolto la vita, ha lasciato una memoria non priva di pathos né di acutezza. Ho provveduto a eliminarla personalmente. Però, prima, l'ho letta."

"Bruno Muller," disse Matteo. Sì, gliene avevano parlato, i suoi, del mitico professore di Umberto, il professor Muller.

Erano, da qualche minuto, fermi sul marciapiede. E incominciavano ad attirare l'attenzione dei passanti.

"Forse dovremmo muoverci di qui," disse ancora Matteo.

Muller sembrava perso a ricostruire quel testo che non era riuscito a dimenticare completamente.

Matteo gli prese un braccio. "Parliamo camminando, stiamo dando nell'occhio."

Muller mosse qualche passo, poi si fermò di nuovo, e di nuovo Matteo lo inquadrò in primissimo piano:

"Noi, figli di padri scomodi, siamo attenzionati positivamente e negativamente. I nostri padri pesano più degli altri. Io il mio..."

Muller si tolse gli occhiali, tirò fuori dalla tasca dei pantaloni un fazzoletto immacolato e se li asciugò. Non stava piangendo. Non ancora. Ma avrebbe potuto. Voleva prevenire o scoraggiare un eventuale eccesso di emotività. Si soffiò il naso. Con forza, due volte.

Poi, con una voce che, nonostante tutte quelle manovre di autocontrollo, risultò segnata dalla commozione, disse: "Io mio padre l'ho rinnegato, non farlo con il tuo. Era questo che avrei voluto dire a tua madre. Umberto è in pericolo. Perché si è ribellato, quindi è in pericolo più degli altri. Non lo lasceranno invecchiare tranquillo fino al ritiro definitivo. Neanche se si sottomette, neanche se accetta le regole e si lascia sedare come tutti gli altri e accompagnare come tutti gli altri verso la fine del percorso. Mio padre ha scritto: 'La condizione di mortalità è ciò che unisce gli umani. L'unico antidoto al veleno di questa consapevolezza è nella nostra ignoranza. Nessuno di noi conosce la data della propria morte. Ciascuno di noi ha diritto a non saperla. Ciascuno di noi ha diritto a giocare fino all'ultimo.' Io ho tradito la memoria di mio padre per poter giocare fino all'ultimo. Tu non farlo."

Quasi volesse dissolvere l'involontaria retorica delle ultime frasi, Muller tracciò un segno nell'aria, troppo enfatico per essere un semplice saluto, troppo incerto per essere una benedizione. Quindi si allontanò, di buon passo, nella direzione contraria a quella verso cui stavano camminando.

Dopo un attimo di sconcerto, Matteo gli corse dietro. Lo riprese quasi subito.

"Aspetta... che cosa... che cosa devo fare? Che cosa farai tu?"

"Io? Niente. Non tocca a me. Sono un 'riciclato', non sono nel PMVP. Tu sì. Tu sei un TQ. Tu scrivi i discorsi del Líder Máximo... tu hai accesso a tutte le reti. Se tu parli, ti ascolteranno."

Matteo si portò la mano alla fronte, chiuse gli occhi un attimo. Bruno Muller restò immobile, a guardarlo. Matteo riaprì gli occhi, come chi ha preso una decisione difficile ma doverosa.

"Non ci credo. Non ci posso credere. Si può essere d'accordo o in disaccordo con il ritiro, ma non è l'anticamera dell'eliminazione."

Muller sorrise, freddo. "Ti capisco, non vuoi rischiare il posto. Umano, molto umano. Del resto: è così che si costruisce il consenso. Chiunque abbia qualcosa da perdere è disposto a negare l'evidenza, a patteggiare, a credere. O a fingere di credere."

Matteo provò il desiderio di stropicciare con un pugno quella pelle levigata di fresco.

Si trattenne a fatica. Non voleva sciupare la registrazione. Doveva uscirne pulito. Si aggrappò perciò a quel moto di spontanea aggressività, per potersene uscire a testa alta.

A darsi la croce addosso ci avrebbe pensato dopo.

Dopo aver spento la telecamera. Prima di decidere che cosa ne avrebbe fatto, di quel bel pezzo di cinema, disse:

"Perché io dovrei fidarmi di te? Potresti essere un pazzo, un manipolatore. Potrebbero averti mandato da me per mettermi alla prova... se sono attenzionato come dici, potresti avere addosso una microcamera..."

Nel nominare l'aggeggio elettronico con cui stava immortalando la conversazione, Matteo provò un brivido.

Bruno Muller gli rifilò uno sguardo magistralmente inespressivo.

"Io non sono venuto da te, né di mia iniziativa né per ordini superiori. Io ero andato a cercare tua madre."

"Lasciala stare, mia madre."

"Questo non posso promettertelo. Ho qualcosa per lei. E ho le migliori intenzioni di dargliela. Spero soltanto di arrivare in tempo. Prima che se ne vada, o faccia qualche sciocchezza."

18.

Quando vide una delle ragazze avvicinarsi alla tavola, con il vassoio carico delle tazze del caffelatte ben stretto fra le manine guantate di bianco, Umberto riabbassò gli occhi sul vecchio giornale che stava leggendo.

Era *la Repubblica* del 12 marzo del 1977. Lo commuoveva ritrovare se stesso liceale, alle prese con gli anni dell'ideologia morente. Da quando aveva lasciato l'infermeria delle caserme si commuoveva spesso. Anche per questo teneva gli occhi bassi. Non voleva che gli altri cogliessero quel brillare patetico di lacrime trattenute. Gli premeva che neppure una, nel compatto drappello delle ragazze, intuisse la sua debolezza. Si faceva un punto d'onore di non guardarle, di non fare la ruota come i suoi coetanei, ma non voleva che lo vedessero vecchio. Emotivamente vulnerabile e facilmente eccitabile come i vecchi. Quando gli altri scherzavano, lui taceva. Se gli altri seguivano con gli occhi le ragazze finché non sparivano nelle cucine, lui non le degnava di uno sguardo.

Per questo non riconobbe Francesca. Non subito, almeno, come avrebbe dovuto. E la costrinse, perciò, a rischiare andando a cercarlo in camera, dove si rifugiava sempre più spesso, dopo la colazione, che era un appuntamento obbligatorio. Tornava nella sua stanza e si sdraiava sul letto, un po' per stanchezza (per colpa sua adesso tutti erano costretti a inghiottire le pillole, che avevano sostituito le capsule, in presenza del personale), un po' per mancanza di stimoli a fare altro, altro che gingillarsi con giornali vecchi di quarant'anni, protetto da una porta chiusa a chiave.

Quando sentì bussare alla porta, si sorprese, ma subito la sorpresa si trasformò in un moto di fastidio.

"C'è posta per te," disse Francesca, con il tono di squillante allegria che la giovanissima Bettyblu aveva raccomandato.

Umberto gettò il giornale sul pavimento. E chiuse gli occhi, quasi che la cameriera disturbatrice potesse vederlo.

"Su, papà pigrone, aprimi. C'è posta per te!" disse ancora Francesca.

Umberto si decise a rispondere: "Lasciami in pace!"

La posta era, immancabilmente, costituita da assurde pubblicità personalizzate. Inviti a occuparsi per tempo della propria prostata, biglietti omaggio per vecchi film che venivano proiettati nel salone e ai quali potevano accedere comunque, oroscopi e consigli spirituali e parole crociate.

"Sei cattivo se non mi apri," miagolò Francesca, cercando disperatamente di fare la civetta, la micina, la bambina, la cretina, secondo le indicazioni di Bettyblu.

Umberto pensò che avrebbe anche potuto alzarsi, aprire alla volonterosa ragazzina, prendere quelle ridicole buste azzurre con il logo dell'albergo, ringraziarla e sbatterle la porta in faccia. Ma gli pesava la testa, sentiva le gambe gonfie e un ottundimento che chiamava il sonno, come una necessità, come un desiderio, come l'unico desiderio possibile.

"Lascia la posta sotto la porta. La prendo dopo."

Francesca pensò di bussare ancora, di chiamarlo Umberto, di dirgli sono l'assistente di Elisabetta, la tua Elisabetta... ma poi sentì dei passi avvicinarsi, d'istinto nascose la lettera sotto il minuscolo grembiulino rosa che costituiva l'uniforme delle cameriere.

"Non ti aprirà mai, ha un cattivo carattere," disse Guidobaldo.

Luciano le sorrise invitante: "Se vuoi visitare una delle camere, puoi venire nella mia."

Meccanicamente, Francesca rispose al sorriso.

Luciano, gratificato, la guardò meglio di come l'aveva guardata in sala. Aveva due straordinari occhi scuri, grandi e schermati da ciglia fuori misura. Il naso corto e sottile, la bocca come un taglio netto separava quella dotazione superlativa da un mento appuntito e delicato.

Sembrava più vecchia delle altre, non aveva il fascino transitorio di una bellezza appena abbozzata come le adolescenti. Era sottile e piccola, ma, era disposto a giurarci, doveva essere nata ventidue o addirittura ventitré anni prima. Non certo diciassette.

Stava per chiederle "ma tu chi sei?" quando la porta si spalancò e comparve Umberto, i capelli scompigliati, i piedi nudi.

Riconobbe subito Francesca e sentì il cuore accelerare i battiti.

"Signor Umberto," disse Francesca, "mi manda il dottor Sovena, il suo appuntamento è stato spostato di un'ora."

Contava sul fatto che l'avesse riconosciuta. Che le reggesse il gioco.

Quando incrociò il suo sguardo, quando lo vide deglutire a vuoto, come di fronte a un pericolo improvviso, capì che sì, l'aveva riconosciuta. Svelta gli mise in mano la busta azzurra che aveva nascosto sotto il grembiulino e con un sorriso si avviò verso le scale.

Umberto sbadigliò con intenzione, fingendosi spossato o

annoiato, disse qualcosa a proposito di un elettrocardiogramma cui doveva sottoporsi e cercò di guadagnare la sua stanza.

"Aspetta... non hai la sensazione che quella ragazza non sia come le altre? È – non so – diversa. Anche la voce: non ha nessun accento, parla italiano come le italiane... e sono certo che ieri non c'era," disse Luciano.

"Certo che ieri non c'era... le cambiano tutti i giorni come i fiori nei vasi, come ha detto Enzo... Così abbiamo sempre qualcosa di fresco da annusare," disse Umberto, facendosi forza.

Guidobaldo annuì: "Sì, però questa qui è un po' più... matura... anche a me pare che sia di un'altra qualità. Una recluta interessante."

"E manda al nostro Umberto bigliettini romantici..." Luciano allungò la mano verso la lettera.

La reazione di Umberto fu smisurata.

Con uno spintone mandò quasi a terra Luciano, mormorò un udibile "pezzo di stronzo" quindi si ritirò nella sua stanza e chiuse la porta con due giri di chiave.

La lettera, che Umberto lesse e rilesse, fino a impadronirsi di ogni parola come un attore prima di andare in scena, non era l'unico regalo contenuto nella busta azzurra. C'era un foglietto a quadri strappato da un quaderno e c'era un cartoncino scritto in stampatello.

Il foglietto:

Amore,
forse Francesca riuscirà a farti avere le poche parole che ho scritto per te. Io non ci speravo. E adesso, naturalmente, tutto quello che ho messo nella lettera mi sembra povero e vago e inadeguato... E vorrei aggiungere... voglio aggiungere altro...

ancora poche righe... di quelle semplicissime delle madri e delle spose di guerra, che sto bene, che così spero di te, che niente ci può davvero separare. Ma adesso devo staccarmi da questa lettera o dirti cose più utili. Ci sono fotocellule sparse fra il parco e il bosco e in tutta quella muraglia verde che vi separa dal mondo. Sono un muro invisibile e molto sensibile. Non credo che tu possa uscire o anche soltanto avvicinarti. Ma Francesca ti vedrà, forse. E mi dirà come stai. E se tu le darai una parola per me, sarà un balsamo e una iniezione di forza. Perché io lotterò, sai? Io ho intenzione di lottare. Io tornerò a Roma e parlerò, griderò, svelerò... io metterò fine a questa farsa. Non abbiamo più niente da perdere. Né io né te. E questo ci rende invincibili.

Il cartoncino scritto in stampatello:

STACCO ALLE 20. NON TORNERÒ. LASCI LA RISPOSTA PER ELISABETTA SOTTO IL CUSCINO. LASCI LA STANZA APPENA PUÒ. CON AFFETTO. FRANCESCA.

Umberto prese carta e penna con la consapevolezza che non sarebbe riuscito a scrivere, non c'era più spazio per le parole, o forse non c'era più spazio per la speranza, non c'era dentro di lui. La lettera di Elisabetta se l'era messa sotto la camicia, l'aveva infilata nella cintura dei pantaloni, a contatto con la pelle. Gli aveva dato una gioia malinconica, dolorosa. Come un malato soffriva a ogni cambiamento di status. Anche un miglioramento gli poteva mettere paura. Il fatto che Elisabetta fosse vicina alla sua prigione e non potesse entrare, la violenza del desiderio di andare da lei intensificavano il suo senso di prigionia. Gli pareva di soffocare.

Le frasi giuste, quelle belle frasi che aveva tornito per lei nei lunghi mesi del silenzio, non si componevano.

Guardava il foglio bianco, mentre piccole gocce di sudore gli inumidivano la fronte. E soffriva.

Dopo un tempo che gli parve lunghissimo scrisse: "Torna a casa, amore mio. Torna a casa. Fallo per me."

Piegò il foglio, su cui quelle poche parole campeggiavano solitarie, e lo sistemò sotto il cuscino.

Poi uscì dalla stanza.

19.

"No, non parto," disse Elisabetta.

Teneva in mano quell'unica frase scritta da Umberto e la guardava, come se nascondesse un capolavoro nascosto, che soltanto lei, con il tempo, sarebbe riuscita a decifrare.

Era seduta su un balconcino minuscolo, aveva affittato una stanza nella casa della madre di Bettyblu, aveva dormito su un divano a cui mancava una molla, aveva poggiato la testa su un cuscino di velluto che odorava di muffa, al centro del cuscino erano cuciti degli specchietti quadrati, un ornamento da hippy anni settanta. Uno di quei quadrati dai bordi taglienti le era rimasto stampato sulla guancia.

Francesca, Claudia e Maddalena la ascoltavano dall'interno della stanza, sul balconcino non c'era spazio che per la sedia su cui sedeva Elisabetta. L'aveva voltata verso l'interno, dava le spalle alla piazza.

"Non torno a casa. Né adesso né dopo," disse ancora.

"È quello che ti ha chiesto Umberto," disse Maddalena.

"Io non posso introdurmi lì dentro un'altra volta," disse Francesca.

Le colleghe di Bettyblu l'avevano coperta, ma un paio di ritirati si erano accorti che era diversa dalle altre. Uno aveva cercato di baciarla.

Un altro l'aveva minacciata.

"Lo so, Francesca. E non te lo chiedo. Non vi chiedo niente. Voglio soltanto restare qui. Voi tornate in ufficio. Parlerò a Genna. Sarà talmente felice di prendere la direzione che vi eviterà il licenziamento. Vi prenderà a lavorare con lui, perciò rimarrete al vostro posto. Non è così stupido da non aver capito che siete più intelligenti delle altre."

Aveva usato un tono definitivo, autorevole.

Retaggio di una vita che le pareva ormai sfumare in una lontananza senza tempo. La vita dei sì/no. Questo ci interessa. Questo lo finanziamo/questo lo cassiamo. Il tono definitivo che, prima, spingeva tutti all'azione, aveva generato una bolla di silenzio.

Le ragazze erano contrite. Non sarebbe stata la stessa cosa, lavorare per Genna. Lo sapevano tutte e quattro. Ma loro dovevano andare avanti, e lei si doveva fermare.

Si alzò, proprio nel momento in cui la madre di Bettyblu, Denise, le stava portando una tazza di tè con dei complicati dolci intrisi di liquore.

Nel porgerle la tazza la lambì con un'occhiata di pura avidità. Le aveva fatto pagare quella stanza angusta mille euro. Mille euro per una notte su un divano sfondato a respirare polvere.

Si chiese quanto le sarebbe costato il tè. Non le importava, avrebbe pagato ancora, come aveva pagato Bettyblu e le altre ragazze della squadra delle cameriere perché tacessero.

Francesca aveva dovuto cedere anche la sua minigonna di lattice rosso, da quelle parti non se ne trovavano e una delle ragazze se ne era incapricciata. Eroicamente, sarebbe ripartita con il camicione coi funghi, quello rubato per Elisabetta a sua madre, quello che Elisabetta non aveva voluto indossare.

"Andiamo," disse, "vi accompagno alla macchina."

Scesero in strada.

Maddalena era la più inquieta: "Quanto ti fermerai? Vi siete accordate su un prezzo decente?" Elisabetta si strinse nelle spalle.

"No, le ho soltanto detto che restavo per un po'…"

"Non può farti pagare mille euro per notte, però!" protestò Claudia.

"Non mi importa dei soldi," disse Elisabetta, "e smettetela di preoccuparvi per me."

Presero a discutere fra loro, camminando per le strade di quel paese che pareva deserto, fra le basse case color cemento, basse, tozze e squadrate.

Claudia sosteneva che era normale il ricatto in una situazione come quella, non si applicavano certo prezzi di mercato, Francesca si indignava e proponeva di mandare un'ispezione, Maddalena diceva che l'illegalità genera illegalità ed Elisabetta doveva partire con loro e scrivere una lettera di protesta. Protesta per cosa? Per come hanno trattato suo marito? Ma lei non lo può sapere. Non lo deve sapere. Lei non può essere qui, lui non poteva mandarle il videomessaggio…

Erano così prese da quello scambio di opinioni che parevano aver dimenticato Elisabetta.

Arrivarono alla macchina. Francesca le afferrò tutte e due le mani, la guardò accorata.

"Torna con noi. Non puoi restare qui. Non c'è nessuna possibilità che tu veda Umberto. E… forse lui neppure lo vuole. È molto cambiato da come lo ricordavo, da come l'ho conosciuto."

Elisabetta annuì: magro magro, con la barba lunga e gli occhi vuoti.

Se l'era fatto descrivere e ridescrivere. Non le bastava mai. Maddalena continuò dove Francesca si era interrotta: "E poi te l'ha detto anche lui. Torna a casa."

"Amore mio torna a casa," puntualizzò Francesca, che non voleva mandare perduta quella piccola consolazione.

"Amore mio, d'accordo, però: torna a casa. Era 'Torna a casa' il messaggio. 'Torna a casa' e 'Fallo per me'."

"È perché le vuole bene. Le vuole bene nel modo giusto, cioè vuole il suo bene."

Prima che il dibattito si riattizzasse come un falò sotto la spinta del vento, Elisabetta impose la sua voce ferma.

"Adesso voi partite. Ci teniamo in contatto."

"Ti sconnetteranno," disse Maddalena, "se Genna o Federica o qualche carogna degli uffici denuncia la tua scomparsa ti sconnetteranno."

"Se non è già successo," disse Claudia.

In preda a un'ansia improvvisa, tutte e quattro presero cronosmartphone e minitablet e incominciarono a sfiorare e cliccare.

Maddalena, Claudia ed Elisabetta erano già state sconnesse.

I loro schermi emettevano sibili su un'unica nota, mostravano un arcobaleno di colori. Immobile.

Soltanto Francesca era ancora collegata.

"Chiama Irene per sapere come stanno i bambini."

"Chiama in ufficio per dire che stiamo tornando."

"Chiama Genna per avvisarlo che gli romperemo il culo..."

Elisabetta prese il minitablet di Francesca.

"Zitte," disse.

E alzò il volume. Lo schermo mostrava una piazza che si andava riempiendo di persone. Nessuno urlava né cantava né scandiva slogan. Si sentiva soltanto il rumore dei passi. Non c'era nessun palco, ma alcuni erano saliti sui gradini della cattedrale.

Zoomando sui volti, Elisabetta si accorse che c'erano molte persone della sua classe anagrafica. La maggioranza era gente già vicina al ritiro, ma non erano tutti vicini al ritiro. C'erano anche donne e uomini apparentemente in pieno PMVP. Trentenni, quarantenni.

"Chi te l'ha mandato?" chiese Elisabetta.

Francesca prese con delicatezza l'oggetto e sfiorò lo schermo.

"Non è l'info ufficiale," disse Claudia.

"No, è una rete privata ma potente," disse Francesca, china sull'immagine della piazza che continuava a ricevere gente dalle vie laterali, come un lago l'acqua dagli affluenti. Poi alzò la testa e disse: "Matteo. Me l'ha mandato Matteo."

20.

Era stato semplice e terribilmente arduo, scrivere quelle poche parole: "Cercate notizie sui vostri nonni. Andate a trovare vostro padre. Andate a vedere come sta vostra madre. Come sta veramente. Come sta, dove sta. Com'è la società parallela. Informatevi: è un vostro diritto. Perché siete dei bravi figli. E perché ci finirete anche voi. Nessuno sarà giovane in eterno."

Virale in rete.

Dicevano così. Quando lui era ragazzino e la rete era una.

Poi la circolazione si era complicata. Potevi ricevere tutto, potevi leggere, potevi ascoltare, potevi guardare. Tu, cittadino comune. Quanto a scrivere, fornire contenuti, mettere in circolazione parole, video, audio, foto, film, romanzi, saggi, opinioni... lì dovevi essere abilitato. Di norma a ciascuno era consentito comunicare con i suoi affini: stessa età, stessa fascia di reddito, stessa classe d'origine. Per comunicare fuori dalla tua cerchia dovevi avere una chiave universale. Altro che password. Dovevi appartenere alla cerchia ristretta, all'enclave degli iniziati, ai fedelissimi del Líder. Man mano che salivi nella piramide-partito cresceva il tuo accesso alle reti, fuori dall'obbligo di prossimità. Potevi scrivere con meno limiti, poi meno ancora, potevi raggiungere una minoranza, poi una minoranza più vasta, poi una maggioranza, poi una quasi totalità.

L'accesso alla totalità dell'audience era prerogativa del Líder Máximo. E, ottenendo gli opportuni permessi, del governo. I ministri potevano comunicare senza limiti, ma non senza il placet del capo.

Matteo, che aveva raggiunto il ragguardevole traguardo di Responsabile della Comunicazione personale del Líder, aveva una chiave potente. A due tacche dal minimo del limite.

Non era stato facile decidere di usarla, per scopi potenzialmente eversivi. Sapeva quello che gli sarebbe costato: la perdita del lavoro, come punizione leggera. Alla punizione pesante non ci voleva pensare.

"Conoscete una sola coppia che si sia ricomposta?"

"Dove sono i vecchi?"

"Che cosa succederà quando i fondi per il ritiro saranno esauriti? Anche i più ricchi, quelli che hanno pagato tasse sull'età più salate, verranno eliminati?"

Aveva saturato la rete di domande. Poi aveva osato un invito.

"Facciamoci vedere. TQ e non TQ. Siamo tutti ugualmente impotenti. Facciamoci vedere in piazza. Portiamo i nostri corpi. Le nostre presenze."

Rilesse tutto quello che aveva postato, si sentiva stanco, eppure posseduto da una forza disperata. Pensò che non poteva fermarsi alle domande, ai dubbi, alle suggestioni. Doveva sparare in rete lo stesso colpo che aveva fatto sussultare lui, che aveva disgregato le sue difese: non tanto il volto tumefatto di suo padre, quanto quello liscio e immobile di Bruno Muller.

La registrazione era quasi perfetta.

Neppure un fotogramma fuori fuoco.

In mezzo minuto, Bruno Muller confessò, a tutta la rete di

cittadini che Matteo poteva raggiungere, le sue colpe. Le sue recriminazioni.

"Io non mi chiamo Airoldi, ma nemmeno Bruno come mi chiamavo prima. Mi chiamo Muller. E non ho quarantadue anni bensì cinquantasette. Faccio parte di quella ristretta élite cui è concesso di evitare il ritiro, con tutte le sue conseguenze. Ho potuto accedere al programma rigeneratore di identità al compimento del cinquantacinquesimo anno d'età. Quasi certamente anche tu potrai, ma non è detto. Bisogna vedere quanto riesci ad avvicinarti al cerchio stretto. La leadership del partito."

Non tanto quel viso troppo liscio e quei capelli color castagna, quanto la tracciabilità del nome avrebbe reso efficace l'operazione. Non sarebbe stato difficile, per chi riceveva quel video, controllare incarico e grado di quel testimone eccezionale.

Il resto sarebbe venuto da sé.

La ribellione.

Se non si era tutti uguali di fronte al tempo, allora non si era tutti uguali. In nome del ritorno alla natura si poteva accettare di essere ritirati dalla vita attiva, di essere allontanati dalla relazione fra i sessi per manifesta infertilità, di essere costretti a rinunciare a una competizione che, finché a contare era soltanto il corpo, riguardava i venti e i trent'anni. Al massimo i quaranta.

Ma doveva essere un destino comune, una religione dell'ordine naturale, una regola cui tutti, ciascuno a suo tempo, sarebbero stati sottoposti.

Non erano consentite eccezioni. Rendite di posizione. Privilegi.

Il privilegio di pochi, scoperto, avrebbe fatto scattare prima l'invidia, poi l'angoscia, e per dominare l'angoscia la reazione.

Se il Líder e i suoi sodali potevano restare giovani fino a centoventi anni (poiché questa sarebbe stata l'aspettativa di vita) e magari dopo ancora, fino a rinunciare volontariamente alla gioventù per sazietà, come dopo una vacanza troppo lunga, allora no, non c'era giustizia.

Non si trattava di un ritorno all'ordine ancestrale, quando i vecchi, come nella *Ballata di Narayama*, andavano a morire da soli sulla cima di una montagna, per convinzione e per amore dei propri figli, cui sarebbe mancato il cibo se non si fossero, loro, gli anziani, alzati dalla tavola comune.

Si trattava di una dittatura del più forte, di una persecuzione, di un genocidio ad opera di una banda di privilegiati.

Era uscito dall'ufficio quando sul suo tablet erano comparse le prime immagini, le prime manifestazioni. Il suo ultimo gesto era stato condividerle con Elisabetta e le sue ragazze.

Aveva agito la domenica mattina, fra le stanze vuote del ministero della comunicazione. Aveva agito dopo aver scritto il discorso del Líder Máximo per l'inaugurazione del Museo del disordine (un mirabolante campionario di materiale video sul naufragio dell'ultima delle Repubbliche di prima).

Il Líder l'avrebbe recitato il giorno dopo, il giorno dell'anniversario della rivoluzione.

Sì, l'avrebbe recitato, dopo averlo letto una sola volta, come soltanto lui era capace di fare, e sarebbe sembrato assolutamente spontaneo. L'avrebbe recitato dopo averne sbattuto in galera l'autore?

Matteo parcheggiò la motocicletta fuori dal cancello del giardino. Davanti alla villa c'erano già tutti. L'ambulanza rosa, la regia mobile, il banchetto delle puericultrici che vendevano le loro app di consigli. La piccola festosa folla dei vicini di casa.

Sapeva di essere in ritardo.

Sapeva di essere in difetto.

Il padre dev'essere vicino alla madre da subito, dalla prima contrazione e prima ancora. Dal giorno in cui la madre, come si dice, esce di conto. E prima ancora.

Un padre come lui, poi, un padre fisico, compagno di accoppiamento e non soltanto fornitore di sperma, aveva, ancora più nitido e netto, l'obbligo della vicinanza al corpo della fattrice, della donna partoriente.

Nei pochi passi che lo separavano da casa preparò la sua autodifesa. Scusate, ero alle prese con il discorso per l'anniversario della rivoluzione. Una responsabilità celeste. Finché non fosse stato degradato ufficialmente, poteva assumere l'aria stanca e appagata del solerte collaboratore del potere.

Aprì il cancello. Identificò subito, fra i capannelli presumibilmente intenti a lodare la grazia, la bellezza e l'abnegazione di Federica, sua suocera e suo suocero.

Lo colpirono, quasi contemporaneamente, con due sguardi di solenne riprovazione, che restituì con la sfrontatezza dell'innocente.

Nadine girava per il giardino con un vassoio carico di bicchieri di limonata. I vicini bevevano, sorridevano e, di tanto in tanto, guardavano verso la finestra del primo piano. Lo champagne sarebbe stato servito dopo. Dopo l'ultimo urlo della madre, dopo il primo urlo del bambino. Champagne analcolico, come conviene a un popolo sano, a un popolo, per la precisione, obbligato a essere sano.

Soprattutto nel corso di quei continui santissimi laici Natali che punteggiavano di feste la città, la nazione, il continente. Champagne analcolico per tutti.

Matteo pensò a Elisabetta, alla sua riserva di Veuve Clicquot.

"Servirai quello per la cerimonia del Birth-day, ma'?"

"Neanche per sogno."

Non le importava davvero niente di diventare nonna o era soltanto la sua naturale ribellione alla retorica? Forse gliene importava, ma il disgusto per l'enfasi le avrebbe impedito, comunque, di partecipare.

Una giornalista in blazer blu e short color carne stava camminando verso di lui, gli tese il microfono come sguainando una spada: "Ecco che arriva finalmente il papà. La tua Federica sta andando molto bene. E tu come ti senti?"

Matteo fissò la telecamera che la giornalista teneva in fronte, come un minuscolo gioiello illuminato di rosso, incastonato in una metallica coroncina rosa.

"Mi sentirò meglio quando sarò vicino a lei."

"E questo ritardo? Come mai? Lei ti ha difeso, è vero che lavori per Máximo?"

"È vero. Ero in ufficio. Domani..."

La frase fu interrotta da un grido.

Un grido pulito da qualsiasi traccia d'angoscia, dolore di diaframma, allegro, come l'a solo di una soprano sicura dell'applauso.

Matteo lasciò la giornalista ed entrò di buon passo in casa. Salì la scala di corsa.

Federica si era insediata, forte del suo ruolo regale, nella camera di Umberto ed Elisabetta.

Cantava e piangeva e parlava con il suo bambino. Attorno a lei la ginecologa, l'ostetrica, l'infermiera, la pediatra, la maestra di yoga, una fotografa, una videomaker e una psicotrainer.

Appena Matteo, trafelato più di quanto fosse veramente, entrò nella stanza, il gruppo di donne si aprì come un sipario.

Matteo si distese sul letto accanto a Federica.

"Sei bravissima," le disse, baciandole il collo sudato.

Federica era completamente nuda, i capelli sciolti scendevano sottili e bagnati lungo i seni tondi e gonfi, il sorriso estatico si trasformava, di tanto in tanto, in una smorfia atroce, subito cancellata.

"Sei qui, pezzo di bastardo," disse con una voce marcatamente dolce.

"Sono qui, sono vicino a te, sono un pezzo di bastardo. Respira bene, respira adagio."

"Respira con me."

Matteo prese a respirare al ritmo della respirazione del parto, così come avevano provato tante volte. Guardò la parete di fronte, fra le ciglia socchiuse: qualcuno aveva staccato il Pollock dal suo posto.

Federica gridò di nuovo. Un attimo dopo riuscì a sorridere, estatica, monella.

Con una voce insolitamente bassa, ma non priva di buon umore, disse: "La nonna dov'è, Bambino ha diritto ad avere uno straccio di nonna."

"Vuoi che chiami tua madre? È in giardino."

"Lo so che mia madre è in giardino, voglio sapere dov'è la tua..."

Il nuovo grido uscì contorto... più simile a un lamento. Intenerito, Matteo le baciò una spalla, un seno, un fianco. Era così bella. Ed era così obiettivamente mostruosa...

Era mostruoso vedere quel tabernacolo di carne e pelle alzarsi e abbassarsi nello sforzo di spingere fuori il minuscolo muso dell'animale umano.

Federica gridò di nuovo, poi appoggiò una mano sul suo ventre e disse.

"Adesso!"

Immediatamente partì un rock ritmato in crescendo. *Push, baby, push.* Un refrain sostenuto dalle percussioni: *Push sweetheart, push, push your baby out.*

Federica prese a cantare dietro la canzone con la sua voce tagliente e intonata. La psicotrainer applaudì per prima. Tutto lo staff di donne la seguì.

"La testina sta sgusciando fuori," disse la ginecologa. "Sei bravissima, ancora un push e siamo in onda!"

Il bel viso di Federica si chiuse come un pugno nel desiderio estremo di sgravare in un tempo da record.

"Meno di due ore di doglie e non hai smesso per un minuto di essere bella," disse la videomaker girando lenta attorno al letto. "Questa la mandiamo a reti unificate. Finirai in cinquina al Mother Prize, Fede."

"È come se non fosse primipara," disse ammirata la pediatra.

L'ostetrica prese a tirare lentamente e delicatamente il corpo del bambino fuori dal corpo della madre.

"Avanti, Matteo," disse la videomaker.

Matteo non si mosse, teneva una mano sulla fronte di Federica, che era diventata rossa e rilasciava rivoli di sudore.

"Avanti, Matteo, tocca a te," disse la ginecologa.

Matteo si alzò e andò a mettersi davanti alle gambe aperte della sua donna. Gli porsero un paio di guanti di lattice. Tremava tanto che l'operazione di indossarli non fu facile. Federica non urlava più.

La levatrice gli mise fra le mani la testa del bambino.

"Che devo fare?" chiese Matteo.

La psicotrainer disse, come soffiando le parole nell'aria: "Mettilo al mondo, ragazzo."

Matteo esitò. La levatrice prese il corpicino per le spalle e lo tirò fuori.

"Posalo sul grembo di Federica."

Matteo si trovò con suo figlio fra le mani, ancora legato al corpo della madre, ancora sporco, ancora muto.

Lo appoggiò sul ventre di Federica, che sembrava aver smesso di respirare.

La pediatra lo prese, lo pulì sommariamente, aspirò il muco dalle narici e lo benedisse con una sculacciata simbolica a favore della telecamera.

Il bambino cacciò un urlo che si trasformò, fra gli applausi, in un ragionevole pianto.

"Digli qualcosa di carino," sussurrò Federica.

Matteo disse: "Benvenuto fra noi, più giovane di tutti i giovani, che la tua giovinezza possa durare in eterno."

"Non è una cosa veramente carina," sussurrò Federica.

"Puoi baciarla," disse la videomaker, "e dopo puoi baciare il bambino."

Matteo baciò sua moglie e poi suo figlio. Aspirò l'odore acre e il calore colloso dei liquidi che avevano emesso e che avevano impregnato le lenzuola.

"È stato bellissimo," disse Federica.

Un attimo dopo, si diffuse nella stanza il suono silenzioso di un'arpa.

Tre note, come una ninna nanna.

21.

Amore mio,
non sono partita. Sono rimasta qui, vicino a te, anche se non ti posso
abbracciare. Mi sono arrangiata a vivere da una vedova mercenaria.
È la madre di una delle ragazze che ti servono a tavola. Le ho dato
molti soldi, ho dato molti soldi anche a sua madre. La ragazza si
chiama Bettyblu. Ha promesso di portarti, ogni giorno, una mia
lettera e una mia fotografia, ha promesso di dirmi come stai, ti scat-
terà anche lei una fotografia, in modo che io possa controllare di
persona. Mettiti sotto la luce migliore, sono facile agli attacchi di
panico. Su di te. Sono anche diventata collerica. Sono astiosa. Sono
antipatica.
Ma va bene. Mi sono ritirata da sola, prima che mi ritirassero loro.
Mi sono spogliata del costume sociale. Mi vedrai nella foto... sono
una strega d'età variabile fra i tre e i cent'anni... Niente giacche
eleganti, niente capelli freschi di parrucchiere, niente spirito mordace
e buone maniere. Non ho più compiti. Niente principio di prestazio-
ne. C'è una specie di libidine in questa resa totale. Si tengano le loro
briciole, non li voglio gli altri tre anni di vita che mi hanno destinato.
Se tu fossi qui con me sarei perfettamente felice. Ti scrivo da un selfie
bar. È l'unico posto tollerabile in questa periferia dell'Occidente. Del
resto: sono totalmente, nitidamente, magnificamente sola...

Elisabetta aveva appena finito di scrivere questa frase, si stava chiedendo se non avesse esagerato con gli avverbi, quando sentì una mano toccarle la spalla.

Si voltò con una scarica di palpiti ansiosi. Era vietato relazionarsi agli altri nei selfie bar.

Se qualcuno ti tocca è un poliziotto o un assassino, in ogni caso un sociopatico, legale o illegale.

L'uomo che le teneva la mano sulla spalla le parve, nella penombra, giovane, indossava una polo azzurra e un paio di occhiali a specchio.

"Posso dirle due parole, signora?"

"Qui si viene per stare soli."

"Infatti, usciamo di qui."

Aveva un tono autorevole.

"Lei chi è?" chiese Elisabetta.

"Io sono un amico di Umberto."

Elisabetta lo guardò meglio, come se un amico di Umberto dovesse avere una fisionomia particolare.

"Un amico di Umberto..." mormorò, cercando di dominare un'emozione molto forte.

"E lei è Elisabetta, naturalmente."

"Esca. Stampo e la raggiungo fuori."

Non era certa di riuscire ad alzarsi, a mantenere la posizione eretta, a camminare.

"Non gliela mandi quella lettera. Ho da proporle qualcosa di meglio."

A Elisabetta non piacque la sua voce. Conteneva una sfumatura di cortese crudeltà. Decise di difendersi continuando a scrivere, lo escluse con un'alzata di spalle, il senso era: lo decido io quando smetto di fare quello che sto facendo.

Concluse la lettera: *C'è un tuo sedicente amico che vuole*

propormi qualcosa di meglio che scriverti e farti avere questa lette-
ra. Ora vado a sentire di che si tratta. Domani te lo racconto.

Se c'è qualcosa da raccontare... Ti bacio sulle labbra, amore
mio.

Attivò la stampante, poco più di un fruscio, una frazione di secondo.

Intascò la lettera. Intascò le quattro nuove fotografie, in cui sorrideva coraggiosamente, e uscì dal selfie bar.

L'uomo era seduto su una panchina di pietra grigia, di quelle che non si vedono più, se non nelle periferie dell'Occidente.

Si alzò, vedendola arrivare, con un moto cavalleresco. Le baciò la mano, sfiorandola appena con le labbra.

Si presentò: "Mi chiamo Bruno Muller. Era mio il telefono con cui Umberto le ha mandato il messaggio da cui è risalita a questo... ameno luogo. È colpa mia se l'hanno picchiato. Ma è colpa sua se io sono morto e ho dovuto rinascere come Mario Airoldi. Ho corso un grosso rischio a tornare qui. Perciò la prego di fidarsi di me e di seguirmi senza ulteriori indugi. In questa cittadina tutti vivono alle spalle del Campo di ritiro. Forniscono personale, ma anche informazioni. Non c'è finestra chiusa che non nasconda una potenziale spia, disposta a vendere chiunque per soldi."

Parlando, Muller prese sottobraccio Elisabetta, che non aveva ancora detto una parola, e la guidò attraverso un dedalo di vicoli verso la campagna.

"Lei ha foraggiato sconsideratamente la signora Skofic, madre dell'irrequieta Bettyblu. Ora tutti sanno che lei è ricca e si muove controcorrente, perché non si è rassegnata alla prima della breve serie di perdite che il Partito Unico infligge ai citta-dini più... maturi. Bettyblu potrebbe portare le sue lettere alla direttrice dell'hotel invece che a Umberto e regalare così a se stessa una notevole quantità di solidi benefici. Scatti di carriera che le permetterebbero di andarsene da qui. Valgono molto di più dei soldi. Visto che i soldi, in questa periferia dell'impero, non sanno dove spenderli."

"Perché mi sta dicendo tutto questo?" chiese Elisabetta.

Erano, ormai, in aperta campagna.

Davanti a loro il bosco, solido d'ombra e del canto intrecciato di uccelli diversi, si ergeva come un muro a delimitare la zona del ritiro.

"Sa che cos'è il pentimento? È qualcosa a cui avete accesso anche voi donne? Voi donne importanti, intendo, voi donne gratificate, voi che avete avuto bellezza e potere, seduzione, posizioni influenti, un marito innamorato, dei figli... Forse no. Forse siete sempre state troppo prese dalle vostre doti e... certamente quando avete sbagliato, avete sbagliato con il beneficio della discriminazione e quindi del vittimismo. Io no. Io sono un uomo, innanzitutto. E gli uomini non sono mai veramente padroni dei propri vantaggi, non si sono meritati tutto quello che hanno. Io non ero dei peggiori, eppure ho tradito e sporcato la mia... fedina morale."

Con una risatina stizzita sottolineò il gioco di parole, poi riprese il discorso: "Sì, la mia innocenza privata. Ho salito tutti i gradini del deprecabile... e alla fine che cosa ho ottenuto? Prima di morire facevo il direttore sanitario di un'unità di ritiro. Reparto classe dirigente. Niente di davvero apicale. Ma andava bene. Avevo ottenuto l'unico privilegio vero, quello di non essere ritirato. Ho potuto non invecchiare ufficialmente. Non essere messo da parte. Io ho un anno più di lei, signora Elisabetta. Lo sa?"

Si era fermato, a pochi metri da una costruzione di pietra che interrompeva il bosco con un cancello di ferro dipinto di azzurro.

Di fronte al cancello era parcheggiato un pulmino dello stesso colore.

"No," disse Elisabetta, che aveva ascoltato quel discorso delirante senza capire dove l'uomo volesse arrivare. "Non lo sapevo, ma che importanza ha? Perché è venuto fin qui a dirmi quello che mi sta dicendo..."

Una luce si accese all'interno della casa di pietra.

"Dobbiamo sbrigarci. Lei sa guidare, immagino."

Elisabetta annuì.

"Bene. Questo è l'ingresso del personale. L'unico punto da cui si può entrare senza attivare le fotocellule. Io entrerò con il mio badge. Non l'ho restituito. Nessuno me l'ha sequestrato. In ogni stato di polizia c'è qualcuno che si scorda qualche dettaglio..."

Elisabetta non riusciva a smettere di fissare la casa di pietra.

Quando Muller le tirò un mazzo di chiavi, lo lasciò cadere a terra senza neppure provare a intercettarne il percorso.

"Le prenda," disse Muller, indicandogliele, severo. "Sono le chiavi del pulmino. Salga, sotto il sedile c'è una divisa, la indossi."

La valutò con un'occhiata benevola, poi sorrise e aggiunse: "Ha un fisico giovanile, a distanza può ingannare anche il guardiano più pignolo. Quando si è vestita da autista, accenda il motore e aspetti. Se tutto va bene, non sarà una cosa lunga."

Senza darle il tempo di reagire, di domandare, di trattenerlo, Bruno Muller sparì dentro la casa di pietra.

Elisabetta salì sul pulmino, la divisa era composta da una minigonna azzurra, una giacchetta dello stesso colore, corta e aderente, un berretto da autista, un paio di stivaletti blu con il tacco rosso.

Riuscì ad allacciare i bottoni con qualche fatica, anche se, da quando era partita da Roma, non aveva mangiato quasi niente.

La gonna arrivava pochi millimetri sotto la giacchetta. Si guardò le gambe nude sopra i calzini da jogging. Doveva toglierli?

Calzò gli stivaletti sopra i calzini.

Nascose la tuta, che indossava ininterrottamente da quando era scappata, sotto il sedile. Infilò le chiavi nel quadro. Cercò di prendere confidenza con i comandi. Azionò i tergicristallo, accese l'aria condizionata, spense tutto. Provò il cambio automatico. Accese il motore. Lo spense.

Doveva tenersi occupata.

Provò ad accendere il teleschermo, ma il pulmino era un vecchio modello e non riuscì a vedere altro che vortici di sabbiolina in un sonoro di scariche.

Ripiegò sulla radio: *Un gruppo di manifestanti ha raggiunto la stazione di San Pietro, il binario numero uno è stato bloccato da un centinaio di persone. Alcuni degli anziani in partenza per il ritiro sono scesi dal treno, sul posto stanno convergendo il corpo dei Cittadini al servizio dell'ordine, la Polizia ferroviaria e la Polizia politica. Il ministro della Riforma demografica ha dichiarato...*

Di colpo la voce dello speaker si interruppe e partì un concerto per oboe. Elisabetta cercò di sintonizzarsi su un'altra stazione. Ma ogni canale trasmetteva musica. Dappertutto rimbombava lo stesso concerto per oboe.

22.

Umberto camminava lentamente, appesantito dal pranzo della domenica. Un pollo arrosto che sapeva di sapone, patate fredde e intrise di olio.

Si chiese esattamente da quando il cibo era così palesemente peggiorato.

Non voleva tornare subito in camera. Avrebbe ceduto alla sonnolenza. Era una piccola morte che si ripeteva troppo spesso. Stava per compiere il secondo giro completo dell'albergo quando gli si parò davanti un uomo con una polo azzurra e un paio di occhiali a specchio.

"Finalmente! Ti ho cercato dappertutto," disse, a bassa voce.

Poi sorrise e si tolse gli occhiali, mostrando i suoi inconfondibili occhi celesti, come per un'amichevole rinuncia all'anonimato.

"Bruno..." mormorò Umberto.

Era stupito, ma non quanto lo sarebbe stato se l'avesse davvero creduto morto. Quando gli era tornata la memoria, da poco e nonostante la persistenza di qualche lacuna, aveva immaginato che Bruno Muller fosse stato tolto dalla circolazione, spostato lontano da lui, al sicuro dal suo sguardo.

La sua era una morte troppo opportuna per essere vera.

Muller lo prese per un braccio.

"Seguimi senza chiedere niente, non c'è tempo. Non possiamo correre, ma camminare veloci sì. Ti spiegherà tutto la persona che è venuta a prenderti."

Umberto accelerò il passo, obbediente, e abbassò la testa.

Sentiva gli occhi pieni di lacrime, gli capitava sempre più spesso di commuoversi senza motivo e quella commozione ingovernabile, come una sorta d'incontinenza, lo metteva in imbarazzo.

"A prendermi per portarmi dove?" disse, cercando di riacquistare il controllo della sua emotività.

"Questo lo deciderete voi. Io ti tiro fuori di qui."

"Tu mi tiri fuori di qui?" disse sottolineando il "tu", con disprezzo.

"Sì, io. Io ti faccio uscire. Non era questo che volevi?"

"Perché stai facendo questo per me?"

"Lo sto facendo per me," disse Muller, poi aggiunse, "sei lo strumento della mia redenzione."

Umberto sorrise.

"Dammi una sola ragione per cui dovrei fidarmi di te," disse.

"Trovatele da solo," disse Muller, poi aggiunse: "E senza rallentare."

Umberto continuò a camminare veloce, in silenzio, gli occhi bassi a scandagliare il terreno come se stesse attraversando un campo minato.

Erano quasi arrivati all'estremità sinistra del bosco, Muller davanti, Umberto dietro, perfettamente allineati e vicini fino a sfiorarsi, quando Muller disse:

"È il momento migliore. Il dopo pranzo della domenica," disse guardando dritto davanti a sé. Siccome Umberto taceva aggiunse: "Mi senti?"

"Sì," disse Umberto, a bassa voce.

"Siamo quasi arrivati, restami incollato dietro. Le cellule fotoelettriche sono invisibili e sono sempre più fitte. Man mano che ci avviciniamo al punto..."

Dopo pochi minuti arrivarono davanti alla casa di pietra.

Muller si fermò. Si voltò, si tolse di nuovo gli occhiali da sole, guardò intensamente Umberto e glieli porse.

"Mettiteli," disse, poi gli allungò un rettangolino di carta rigida.

"C'è una fenditura. A destra della porta. Passi il mio badge per entrare e lo ripassi per uscire dal cancello. C'è un pulmino azzurro ad aspettarti. Buona fortuna."

Prima che Umberto potesse dire qualcosa, gli girò le spalle e tornò sui suoi passi. Le mani in tasca, come un gitante che si muove senza impegno e senza meta nel vasto parco dell'albergo.

Umberto restò a guardarlo. Poi si mosse lentamente verso la casa di pietra.

Elisabetta lo vide uscire, rimanere per un attimo fermo, controllando l'orizzonte.

Incerto. Impaurito. Un vecchio che non si fida di attraversare la strada.

Scese dal posto di guida e si incamminò verso di lui. Travestita com'era da funzione del desiderio maschile standard aveva paura che suo marito non la riconoscesse.

I seni esposti, le gambe nude, la vita stretta, i tacchi alti, mosse pochi passi verso di lui e si fermò.

Un sorriso in prova sul volto tirato dall'ansia.

Si tolse quel berrettino da commedia, un po' ufficiale dei carabinieri, un po' capitano di marina. Lo fece con uno dei suoi gesti ampi, insieme rabbioso e leggero, teatrale.

Umberto avrebbe poi raccontato che l'aveva riconosciuta in quel momento, non tanto per le onde dei capelli biondo-grigi che si erano disposte morbidamente attorno al viso, quanto per l'arco esagerato e tuttavia grazioso, che il braccio aveva compiuto nell'aria, nell'atto di levarsi il cappello.

Avrebbe raccontato che si erano abbracciati ridendo, perché si racconta sempre quello che si può raccontare, che si può racchiudere in una coerenza di eventi memorabili.

Non avrebbe raccontato la bocca secca, il cuore pesante, la voglia di piangere, la paura che fosse un sogno o un altro scherzo. L'ultimo, in ordine di tempo, di quella lunga sequenza di scherzi.

"Sembri una ragazza," disse abbracciandola a disagio, come se non l'avesse abbracciata milioni di volte.

"Tu sembri un vecchio, invece."

"Siamo una coppia fuorilegge, allora..."

Da qualche parte nel folto del bosco scaturì, tagliando il morbido cinguettio degli uccelli, l'urlo uniforme di una sirena.

"Andiamo via di qui," disse Umberto.

Salirono rapidi sul pulmino. Elisabetta partì con un balzo in avanti, accelerò subito e poi ancora, fino ad arrivare al massimo della velocità consentita e poi di quella non consentita.

"Dove mi stai portando?" chiese Umberto.

"Non lo so. Lontano. Il più lontano possibile."

"Mi sembra un ottimo programma."

Non persero tempo a chiedersi fin dove sarebbero arrivati, né quanto sarebbe durata quella fuga. Tutti e due pensavano che era un regalo del caso. Una smagliatura nella rete. Un incidente felice.

Pensavano che ne avrebbero approfittato per un po'. Qualche ora, qualche giorno, qualche mese. E non dovevano, per l'incertezza del futuro, sciupare quello scampolo d'imprevisto presente.

Umberto appoggiò la mano sul ginocchio di Elisabetta.

"Sì," disse lei, gli occhi fissi sulla strada, come se stesse guidando per la prima volta. "Sì, se ci riusciamo."

Siccome Umberto non aveva parlato, fu chiaro che avevano formulato lo stesso pensiero nello stesso momento.

Sorrisero senza guardarsi.

Umberto accese la radio. Il suono pesante e vellutato dell'oboe dilagava su tutte le stazioni. Il piccolo teleschermo, su tutti i canali, trasmetteva prati fioriti, montagne innevate, tramonti sul mare.

"Che cosa sta succedendo?" chiese Umberto.

"Un bel po' di casino, finalmente," disse Elisabetta. Poi, per sollevarlo dal peso della domanda che non osava formulare, aggiunse: "Sì, potrebbe essere stato Matteo, anche se non ne sono affatto sicura. Diciamo che gli ho messo in mano tutti gli elementi. A partire dalla faccia di suo padre gonfiata dalle botte."

Umberto si portò, meccanicamente, una mano allo zigomo destro.

Sperava che Matteo fosse l'artefice della rivolta e sperava che non lo fosse. L'avrebbero arrestato, e lui non voleva. Eppure gli piaceva pensare di aver cresciuto un giusto, uno che si prende la responsabilità di capire come stanno le cose veramente.

"Gli hai fatto vedere il mio messaggio?"

"Sì."

"E lui?"

"Ha opposto resistenza, ma... era solo una questione di tempo. Forse."

Umberto recitò: "La nascita dei figli è la morte dei genitori."

"Chissà se c'è il vecchio Hegel nel Pantheon del Líder Máximo," disse Elisabetta, che aveva riconosciuto la citazione.

Umberto prese a carezzarle la gamba, un gesto lento che lo tranquillizzava.

"Voglio gustarmi ogni millimetro della tua pelle."

Tacquero, pensando ai loro corpi, che conoscevano così bene.

"Non so quando potremo fermarci," disse Elisabetta. La strada si stava animando di traffico. Umberto le sistemò in testa il berretto da autista.

"Forse è più saggio che io mi nasconda dietro, dove i vetri sono oscurati."

"Siamo ben al di là della saggezza, mio caro... e poi mi piace sentire la tua mano sulla coscia. Per adesso me lo faccio bastare."

Umberto salì, con la mano, fino all'orlo della minigonna, poi ancora più su.

"Te la senti di guidare fino a Valona?"

"Se troviamo un benzinaio, se corriamo il rischio di usare la mia carta di credito, se non hanno denunciato la tua scomparsa, se possiamo fare a meno dei tuoi documenti... perché proprio Valona?"

Umberto smise di carezzarla.

"Marina mercantile. Ti va di scappare con me su un cargo? Possiamo imbarcarci clandestinamente, oppure pagare, se usiamo la tua carta di credito. Quale rischio preferisci?"

Elisabetta lo guardò: aveva gli occhi accesi. Era di nuovo lui, la patina opaca della prigionia si stava diradando.

"Preferisco pagare," disse. "Non voglio pelare patate nella stiva fino a... fino dove? Dove siamo diretti?"

Aveva voglia di ridere, di ballare, si sentiva come Federica, perché stava giocando, stavano di nuovo giocando.

"Dove siamo diretti? Non lo so. Dove la vita dura meno, dove i vecchi valgono di più, se non altro perché sono più rari."

"Lontano dall'Occidente?"

"Sì, lontano dall'Occidente."

Pensarono che non ci sarebbero mai arrivati. Ma non lo dissero, né lui a lei, né lei a lui. Non dissero più niente.

Bompiani ha raccolto l'invito della campagna
"Scrittori per le foreste" promossa da Greenpeace.
Questo libro è stampato su carta certificata FSC,
che unisce fibre riciclate post-consumo a fibre vergini
provenienti da buona gestione forestale e da fonti controllate.
Per maggiori informazioni: http://www.greenpeace.it/scrittori/

Finito di stampare
nel mese di marzo 2015 presso il
Nuovo Istituto Italiano d'Arti Grafiche - Bergamo

Printed in Italy